btb

Der Winter in den Wäldern von Maine
ist kalt und einsam.
Bisher hat das Julius Winsome nicht gestört,
er lebt schon lange allein, und er hat einen
treuen Gefährten, seinen Pitbullterrier Hobbes.
Als sein Hund jedoch eines Nachmittags
offenbar absichtlich erschossen wird, fasst Julius
einen erschreckenden Entschluss …

GERARD DONOVAN wurde 1959 in Wexford, Irland, geboren und lebt heute im Staat New York und in England. Er studierte Philosophie und Germanistik sowie klassische Gitarre in Irland, veröffentlichte drei Gedichtbände, Shortstorys und drei Romane.

»Wir … erschrecken über uns selbst und tauchen auf aus einer Geschichte voller Blut und Kälte, die uns so fasziniert hat wie schon lange nichts mehr.«

◊

Elke Heidenreich, Frankfurter Allgemeine Sonntagszeitung

GERARD DONOVAN

Winter in Maine

Roman

Aus dem Englischen
von Thomas Gunkel

btb

Für Doug Swanson und
Christina Nalty

Wer sehr lange lebt, verliert doch nur dasselbe
wie jemand, der jung stirbt. Denn nur
das Jetzt ist es, dessen man beraubt werden kann,
weil man nur dieses besitzt.

Marc Aurel

ERSTER TEIL

30. Oktober – 2. November

1

Ich glaube, ich habe den Schuss gehört.

Es war ein kalter Nachmittag Ende Oktober, und ich saß in meiner Hütte auf dem Stuhl neben dem Holzofen und las. Durch diese Wälder streifen viele mit Gewehren bewaffnete Männer, meist in abgelegenen Gegenden, wo niemand wohnt, und besonders am ersten Tag der Jagdsaison, wenn die Leute aus Fort Kent oder noch kleineren Städten mit ihren langen Gewehren in Pick-ups heraufkommen, um Hirsche oder Bären zu jagen, durchsieben ihre Schüsse die Luft.

Doch der metallische Knall, der durch den Wald hallte, schien ganz aus der Nähe zu kommen, nicht mehr als einen Kilometer entfernt, falls das tatsächlich die Kugel war, die ihn tötete. Ehrlich gesagt, habe ich mir seither so oft vorgestellt, ihn zu hören, habe ich das Tonband dieses Augenblicks so oft zurückgespult, dass ich den realen Klang des Gewehrs nicht mehr vom eingebildeten unterscheiden kann.

Das war nah, sagte ich, legte ein weiteres Scheit aufs Feuer und schloss die Ofentür, bevor der Rauch hervorquellen und sich im Zimmer ausbreiten konnte.

Die meisten Jäger, auch die Anfänger, blieben im offenen Wald, weiter westlich in den North Maine Woods und bis zur kanadischen Grenze hinauf, aber ein gutes Gewehr ist weithin zu hören, und ohne Mauern und Straßen lässt sich die Entfernung nur schwer schätzen.

Dennoch kam es mir zu nah vor. Die erfahrenen Jäger wussten, wo ich wohnte, wo sich all die Hütten im Wald befanden, manche deutlich zu sehen, manche versteckt. Sie wussten, wo man keine Waffe abfeuern durfte und dass Kugeln so lange fliegen, bis sie irgendwo einschlagen.

Im Ofen brannte ein schönes Feuer, das meine Beine wärmte, und ich las die Kurzgeschichte von Tschechow zu Ende, in der ein Mädchen nicht schlafen kann und das Baby die ganze Zeit schreit, und weil ich mich völlig darin vertieft hatte, fiel mir gar nicht auf, dass mein Hund weg war. Vor ein paar Minuten hatte ich ihn hinausgelassen, und es war nicht ungewöhnlich, dass er sich von der Hütte entfernte, obwohl er meistens in einem Umkreis von hundert Metern blieb, seinem Territorium, seinem Besitz.

Ich ging zur Tür, rief nach ihm und dachte wieder, dass der Knall ein bisschen zu nah am Haus gewesen war, sah dann zehn Minuten später noch einmal nach, konnte meinen Hund aber nirgends entdecken, er kam nicht, als ich – jedes Mal lauter – nach ihm rief, und auch als ich zum Waldrand ging und pfiff, die Hände um den Mund legte und brüllte, war nichts von der braunen Gestalt zu sehen, die sonst immer aus dem Unterholz hervorbrach.

Der Wind war kalt, und ich schloss die Tür und schob das Handtuch davor, damit es nicht zog. Dann blickte ich auf die Uhr, was in den Wintermonaten nur selten vorkommt.

Es war vier Minuten nach drei.

2

In den Norden von Maine kommt der November mit einem kalten Wind aus Kanada, der ungebremst durch den gelichteten Wald fegt und Schnee über die Flussufer und die Hänge der Hügel breitet. Es ist einsam hier oben, nicht nur im Herbst und im Winter, sondern immer. Das Wetter ist trüb und rau, die Landschaft ist weit und rau, und dieser Nordwind weht unbarmherzig durch jeden Spalt und bläst einem manchmal die Silben aus den Sätzen.

Ich bin in diesen Wäldern aufgewachsen, dem ausgedehnten Waldland am westlichen Rand des St. John Valley, das an die kanadische Provinz New Brunswick grenzt und sich mit seinen sanften Hügeln und den kleinen, abgelegenen Siedlungen an den Ufern und südlich des St. John River entlangzieht.

Mein Großvater war Akadier, wie meine Mutter, und baute die Hütte aus mir unbekannten Gründen meilenweit entfernt von den anderen Franzosen, auf baumbestandenem Land in der Nähe des großen Waldgebiets im westlichen Teil des Tals. Damals lag die Hütte sogar noch abgeschiedener als heute, was seltsam war, denn eigentlich hielten diese Leute zusammen: Die meisten, die in den Siedlungen hier wohnten, stammten von Akadiern ab und waren 1755 von den Briten aus Nova Scotia vertrieben worden. Einige gingen in den Süden nach Louisiana, die Übrigen landeten im Norden von Maine – ein Volk der Extreme, wie mein Vater sagte, Bewohner des tiefsten Südens und des höchsten Nordens.

Auch wegen der Winter war es seltsam. Mein Großvater errichtete die Hütte auf zwei Morgen gerodetem Land, ringsum von Wald umgeben, und mein Vater baute eine große Scheune an, noch größer als die Hütte, wo er sein ganzes Werkzeug, den Pick-up und all das aufbewahrte, was zerbrechlich war oder leicht verlorenging und die sechs Wintermonate im Freien nicht überstehen würde. Der Wald setzte sich aus Nadel- und Laubbäumen zusammen – Kiefern, Eichen, Fichten, Tannen und Ahorn –, und wenn sich die Blätter im September gelb und rostrot färbten und wie vertrocknete Haut abfielen, wenn sie sich im Oktober bräunlich auf dem Waldboden kräuselten und in den November davongeweht wurden, war es, als würden die Bäume rings um die Hütte zurückweichen, sich schrittweise entfernen.

Die Hütte stammt vom französischen Familienzweig meiner Mutter, denn mein Vater war Engländer, doch von ihm erbte ich sie. Er sagte, es sei kaum zu glauben, dass dieses Tal der sanft gewellten Landschaft Mittelenglands gleiche, aber statt der englischen die französische Sprache in diesen Hügeln erschalle. Auch das war eine seltsame Entscheidung – eine Akadierin, die einen Engländer heiratete –, doch es heißt, meine Mutter ging stets ihren eigenen Weg, und Akadier lassen sich ohnehin keine Vorschriften machen.

Die Hütte verschmilzt mit dem Wald oder der Wald mit der Hütte. Man steigt im Wald über einen Zweig, und plötzlich steht man auf einer Veranda und muss ganz vorsichtig sein. In diesen Wäldern wohnen viele Männer, die sonst nirgends leben können. Sie leben allein und sind noch für die geringste Beleidigung empfänglich, darum sollte man sich lieber gut benehmen oder erst gar nichts sagen. Sie kommen in den Norden, um ihr Lebensende abzuwarten, oder sie waren ohnehin hier und bleiben aus demselben Grund. Solche Männer leben am Ende aller langen Wege, die es auf der Welt gibt, und wenn sie an einen Ort wie diesen gelangen, sind ihnen die Länder, in denen sie nicht leben können, ausgegangen. Ihnen bleibt nichts anderes übrig, als zu bauen, und auch hier, im tiefen Schatten der Bäume, gehen sie den anderen so weit wie möglich aus dem Weg. Ich wohnte weit entfernt von meinen engsten Nachbarn, die nächsten Hütten lagen fünf Kilometer westlich und östlich von hier.

Im Sommer legte ich am Rand der Lichtung ein Blumenbeet an, ungefähr zehn mal einen Meter groß, mit Kapuzinerkresse, Ringelblumen, Lilien und Fingerhut, und jedes Jahr vergrößerte ich die kleine Rasenfläche, die sich im Sommer in einen warmen grünen Teppich verwandelte, auf dem ich liegen, den Duft der Blumen einatmen und den blauen Himmel genießen konnte. Diesmal war der Winter erst spät gekommen. Im Oktober hatte größtenteils ein seltsamer, ziemlich warmer Südwind geweht, und ein paar Blumen verströmten noch ihren Duft, obwohl ihre Zeit längst vorbei war. Ich hatte sie mit schwarzen, zu kleinen Zelten gebauschten Plastiktüten abgedeckt, damit sie den ersten Nachtfrost überstanden, in der Hoffnung, dass sie noch eine Woche die Farbe behielten und die bevorstehenden trüben Monate verkürzten. Im Sommer hatten sie Freude in mein Leben gebracht, und ich wollte ihnen helfen. Aber in den letzten Tagen war die Temperatur gesunken, und bald würden sich auch diese Überlebenden ins sichere Erdreich zurückziehen und im Klammergriff des tiefen Winters in ihren Samen schlafen.

Abgesehen von meinem Hund lebte ich allein, denn ich hatte, bis auf ein einziges Mal vielleicht, nie daran gedacht zu heiraten, und darum gehörte mir hier auch die Stille. Das Haus war rings um die Stille errichtet: Mein Vater war ein eifriger Leser gewesen, und vom Holzofen im Wohnzimmer bis hinten zur Küche und nach rechts und links in die beiden Schlafzimmer erstreckten sich an den Wänden lange, mit vier Brettern ausgestattete Bücherregale, in denen alle Bücher standen, die er je besessen oder gelesen hatte, was ein und dasselbe war, denn mein Vater hatte tatsächlich alles gelesen. So war ich von 3282 Büchern umgeben, in Leder gebundene Erstausgaben, Taschenbücher, alle in gutem Zustand, alphabetisch geordnet und mit Füller katalogisiert. Und da die Regale die gesamte Hütte säumten – und es in manchen Zimmern dunkler und kälter war, weil sie weiter vom Holzofen entfernt lagen –, gab es warme und kalte Romane. Viele der kalten Romane waren von Autoren verfasst worden, deren Nachname mit einem Buchstaben zwischen »J« und »M« begann, denn Schriftsteller wie Johnson und Joyce, Malory und Owen standen hinten bei den Schlafzimmern. Mein Vater hatte es die »Zweigstelle Alexandrias in Maine« genannt, nach der griechischen Bibliothek, und wenn er nach der Arbeit nach Hause gekommen war, hatte er am liebsten die Socken zum Feuer gestreckt, bis sie dampften, sich dann eine Pfeife angezündet, immer noch im dicken Pullover, sich zu mir umgedreht und um ein spezielles Buch gebeten, und ich konnte mich noch an die kalten Seiten in meinen Händen erinnern, wenn ich meinem Vater den Band brachte, den er haben wollte, und beobachtete, wie sich das Buch unter seinem Blick am Feuer erwärmte, und sobald er fertig war, hatte ich das warme Buch wieder ins Regal geschoben, wo es nicht mehr so gut hineinpasste, weil es in der Wärme ein bisschen größer geworden war.

Obwohl er schon zwanzig Jahre tot war, behielt ich die Romane und Reiseberichte, die Theaterstücke und Shortstorys bei mir, so wie er sie hinterlassen hatte, alles, was er war und wusste.

An jenem Montagnachmittag nahm ich eins dieser Bücher und las darin, russische Kurzgeschichten, und als ich mit der ersten fertig war, spähte ich aus dem Fenster. Noch immer kein Hund.

Wieder ein Blick auf die Uhr: zwanzig nach drei.

3

Ich trat auf die Lichtung hinaus und rief.

Hobbes!

Ich hoffte, er würde hinter mir angerannt kommen oder aus dem Pick-up springen, wo er tagsüber oft auf dem Sitz schlief, wenn die Sonne auf die Windschutzscheibe brannte und alles in ein Treibhaus verwandelte, aber auch nach drei weiteren Rufen tauchte er nicht auf. Um auf andere Gedanken zu kommen, nahm ich noch ein paar Scheite vom Holzstoß und stapelte sie neben der Tür. Mein Magen krampfte sich zusammen, und obwohl ich es ignorierte, mir noch ein Buch holte und mich damit ans Fenster setzte, wollte sich die Anspannung nicht lösen. Die Erstausgabe eines Essays von Alexander Pope, erschienen 1757 in London, einer von zehn Bänden in Originalledereinband, die Katalogkarte im Umschlag. Zwecklos. Ich konnte mich nicht darauf einlassen, und was mir sonst Freude bereitet hätte, war jetzt nur ein ödes Gewirr von Wörtern in meinem Kopf, jedes wie ein Stein: »Werke Alexander Popes Esq. In 10 Bdn. London: Gedruckt für A. Millar, Jan R. Tonson, H. Lintot und C. Bathurst, 1757. Mit Frontispiz und dreiundzwanzig Stichen, eigenem Titelblatt für jeden Band in Rot und Schwarz, in zeitgenössischem gemasertem Ledereinband, mit rotem Saffianetikett in vergoldeten Lettern.«

Schließlich schlug ich das Buch seufzend zu, da meine Anspannung mit jedem Augenblick wuchs.

Der Schuss war viel zu nah an der Hütte gefallen und auch lauter gewesen als ein Gewehr. Ich spielte alles noch mal durch und schätzte die Entfernung auf nicht einmal fünfhundert Meter.

Um zwanzig vor vier ging ich wieder zum Waldrand, legte die Hände um den Mund und rief den Namen meines Hundes. Das Echo klang wie ein übers Wasser hüpfender flacher Stein. Dann folgte ich einem Pfad in den Wald, hundert, zweihundert Meter, und rief wieder. Es würde bald dunkel werden. Um diese Zeit kamen die Hirsche hervor. Vielleicht hatte er einen entdeckt und war ihm nachgerannt, eine Verfolgungsjagd, die ihn drei, vier Kilometer weit wegführen konnte. Wenn ich mit Hobbes unterwegs war, hatte ich oft erlebt, wie er losstürzte und einem großen Hirsch hinterherjagte, den er unmöglich fangen konnte, und ich weiß auch gar nicht, was er getan hätte, wenn er ihn wirklich eingeholt hätte, jedenfalls war er immer vor mir zu Hause und wartete schon mit wedelndem Schwanz und ausgedörrter Kehle.

Am Beginn der Jagdsaison hatte ich ihm ein orangefarbenes Tuch um den Hals gebunden, damit die Jäger nicht auf ihn anlegten, doch es war irgendwann abgerissen, und ich hatte es nicht ersetzt, was ich jetzt auf dem Rückweg zum Haus bereute. Sinnlos, weiterzugehen und im Dunkeln herumzutappen.

Um fünf vor vier kam ich auf die Lichtung und sah ihn im Blumenbeet liegen, blutüberströmt, kaum noch atmend. Er hatte die Augen geöffnet und hob den Kopf, als er mich hörte. Ich lief zu ihm und sah die Wunde: eine Schrotflinte.

Er atmete noch, als ich ihn nach Fort Kent zum Tierarzt brachte, eine Strecke von fünfundzwanzig Kilometern, die ersten fünf Kilometer auf einer unbefestigten Straße mit überhängenden Bäumen. Ich wich den Schlaglöchern aus, hielt ihn fest und übte Druck auf die Wunde aus, sagte seinen Namen, damit er ein vertrautes Wort zu hören bekam, spürte die Feuchtigkeit an meiner Hand. Sobald ich die Asphaltstraße zur Stadt erreichte, gab ich Gas. Als ich beim Arzt klopfte, saß er im weißen Kittel in der Küche und aß zu Abend. Seine Frau öffnete die Tür und beschirmte die Augen unterm Verandalicht, während sie mich von Kopf bis Fuß musterte.

Mein Hund ist angeschossen worden, sagte ich.

Sie blickte zum Pick-up hinüber, der mit laufendem Motor und offener Tür in der Einfahrt stand, und sah Hobbes im Licht auf der Sitzbank liegen. Sie fasste sich an den Kragen, nickte und rief ihrem Mann zu: Ein Hund ist angeschossen worden.

Ich wusste zu schätzen, dass sie sich so kurzfasste. Sie war jemand, der wusste, wie kostbar Sekunden sein können. Der Arzt kam herausgestürzt, und wir trugen den Hund in seine Praxis direkt neben dem Haus, wo wir ihn auf eine Metallbank legten.

Er ist aus der Nähe angeschossen worden, sagte er.

Das hätte ich auch schon festgestellt, entgegnete ich.

Nein, aus allernächster Nähe, sagte der Tierarzt, aus einer Entfernung von ein paar Zentimetern. Die Schrotkugeln sitzen tief im Rücken.

Sie meinen, die Flinte hat ihn fast berührt, sagte ich.

Der Schütze kannte den Hund, vielleicht hat

er ihn vorher getätschelt, damit er so dicht herankommt, erklärte er.

Dann forderte er mich auf, mit seiner Frau den Raum zu verlassen, denn er könne allein besser arbeiten. Ich bat, bleiben zu dürfen, damit der Hund einen vertrauten Menschen sah, doch der Arzt schüttelte den Kopf und bat mich noch einmal zu gehen.

Seine Frau führte mich in die Küche, goss mir eine Tasse Tee ein und sagte, ich solle mir keine Sorgen machen. Sie war eine gute Frau, und ich mochte sie. Ich erinnerte mich, wie nett sie meinen Vater behandelt hatte, als er vor über zwanzig Jahren, kurz vor seinem eigenen Tod, mit einem anderen Hund den langen Weg hergekommen war. Ich sah, dass sie mich wiedererkannte.

Sie sind Julius Winsome, sagte sie.

Ich nickte.

Er muss einem Hirsch nachgerannt sein, weil er so weit vom Haus entfernt war, sagte ich.

So was kommt manchmal vor, erwiderte sie. Armer Kerl.

Oder er ist spazieren gegangen, die Nase in der Luft, mutmaßte ich.

Darauf sagte sie: Hunde gehen gern spazieren, genau wie Menschen.

Eine Glocke ertönte, und sie sagte, wir sollten

wieder nach nebenan gehen. Als wir eintraten, sah ich nur blutrote Bandagen. Hobbes hatte Unmengen von Blut verloren.

Man muss ungeheuer grausam sein, um so auf einen Hund abzudrücken, sagte der Arzt und legte mir die Hand auf die Schulter, und da wusste ich, was er sagen wollte. Die beiden gingen, und ich hörte seine Frau fragen, was los sei und warum er den Hund nicht retten könne. Seine Antwort war nicht mehr zu hören, weil sie die Tür schlossen, und ich stand da mit meinem Hund, der unter der einzigen Lampe lag.

Der kleine Kerl sah mich an, und ich hielt seinen Kopf, dann legte er ihn auf meinen Arm und hörte auf zu atmen, als könnte er jetzt, wo ich da war, einfach loslassen.

4

Um ehrlich zu sein, die Fahrt zur Hütte zurück war unendlich lang. Hobbes lag neben mir, und ich zog seinen Kopf auf meinen Schoß, um es ihm auch im Endstadium bequem zu machen. Aus seinem Körper war fast alle Wärme gewichen, das Blut klebte in seinem Fell und auf dem Sitz. Noch am selben Abend, kurz nach meiner Rückkehr zur Hütte, begrub ich ihn im Scheinwerferlicht des Pick-ups im Blumenbeet, da, wo ich ihn gefunden hatte, an einer Stelle, die ich sehen konnte, wenn ich aus dem Fenster schaute. Es fiel mir schwer, die erste Schaufel Erde auf sein Gesicht zu werfen, ihn, der so oft hinter den von mir geworfenen Spielsachen hergelaufen war, der zitternd auf dem Fußboden gelegen hatte, während er im Traum lief und bellte, reglos in einem Loch liegen zu sehen. Immer wieder glitt die Schaufel aus dem Licht ins Dunkel und umgekehrt, und die Erde fiel auf seinen Bauch, den Rücken, in seine Ohren und Augen, während ich ihn zusammen mit allem, was ihn ausgemacht hatte, begrub: seinen Spaziergängen, seinen Verschnaufpausen, der Gewohnheit zu fressen, sobald er Hunger hatte, den Sternen, die er manchmal betrachtete, dem ersten Tag in meiner Hütte, dem ersten Mal, dass er Schnee sah, und jeder Sekunde seiner Freundschaft. All das nahm er mit in die Stille und Reglosigkeit. Ich schaufelte die ganze Welt auf meinen Freund und spürte ihr Gewicht, als läge ich bei ihm dort im Dunkeln.

Als ich fertig war, stellte ich die Schaufel in die Scheune, kehrte in die warme Hütte zurück und überließ ihn der Leichenstarre. In der Nacht regnete es, und als das Feuer heruntergebrannt war, wurde es kalt. Ich lag im Bett und hörte den Wind wie ein Seil ums Haus peitschen.

5

Als ich am Dienstagmorgen erwachte und die Sonne zum ersten Mal nicht mehr über einem lebenden Hobbes aufging, fiel ein Lichtsplitter durchs Fenster. Hobbes' Grab war bloß fünf Meter von der Hütte entfernt, zu nah, um es übersehen zu können, selbst wenn man vorbeigehen wollte, und ich konnte mich nicht überwinden, nach draußen zu gehen und es zu sehen, also tappte ich durchs dunkle Haus, an den aufgereihten Büchern entlang, zog sie aus der Enge der Regale und wischte sie in dem zum Fenster hereindringenden Sonnenstrahl ab, bis die Luft voller Staub war, der im Morgenlicht wirbelte. Dann ging ich ins Gästezimmer, wo ich zwei Kästen unter dem Bett hervorzog, die beide die Aufschrift »Alexandria« trugen und sorgfältig mit braunem Gummiband umschlungene Karteikartenstapel bargen.

Mein Vater hatte tatsächlich 3282 Bücher im Haus aufgestellt, bei weitem zu viele, um sich alle merken zu können, darum hatte er für jedes einzelne eine Karteikarte angelegt, auf der er Autor, Verlag und Erscheinungsjahr sowie eine kurze Inhaltsangabe festhielt. Ich konnte mich noch an das Kratzen seines Füllers erinnern, wenn er auf seinem alten bequemen Gartenstuhl saß, der noch immer am Ofen steht, wenn er über seine Brille hinweg jeden Einband gewissenhaft musterte, alle Angaben notierte, den Kopf hin und her wandte und beim Schreiben vor sich hin murmelte. Der Füller kratzte durch Schnee und Frühling, durch Regen und Herbst. Ich blieb im Zimmer, über den Kasten gebeugt, während das Bild meines Vaters auf mich einströmte wie ein Sturzbach im Wald nach dem Regen: wie er kerzengerade in seinem grünen Wollpullover dasaß, seinem vom Rasierwasser verfärbten Kaschmirschal, der seinen Hals bedeckte, wenn es trotz des Feuers kalt wurde, und wie ich in seiner Nähe blieb und ebenfalls las, während sich die Stille wie eine Weinrebe durch die Hütte rankte, nur unterbrochen, wenn einer von uns beiden aufstand, um Tee oder Butterbrote zu machen. Er war ein freundlicher Mensch gewesen, mit dem man gut auskommen konnte, denn er nahm nicht viel Platz in Anspruch. Solche Menschen gibt es nicht oft, und von ihm lernte ich auch, wie man still ist. Wir lebten allein zusammen: Er hatte nicht wieder geheiratet. Er sagte, für ihn gebe es nur eine einzige Frau, auch wenn sie tot sei, und das zeigte mir, was Treue ist, wenn man das bloße Wort mit Leben erfüllt.

Als ich zwei Kannen Tee getrunken hatte und das Feuer bis zur Glut heruntergebrannt war, blickte ich zum dritten Mal in zwei Tagen auf die Uhr, so oft wie seit mindestens zwei Monaten nicht mehr. Es war erst Mittag. Ich musste Holz holen, sonst würde es um drei in der Hütte eiskalt sein. Es war die Zeit des Jahres, die ich die Holzzeit nannte, weil ich nur mit den Scheiten der zersägten abgestorbenen Bäume heizte; in der nächsten Woche musste ich den Öltank auffüllen lassen, um die Temperatur aufrechtzuerhalten. Wenn in dieser Gegend der Winter anbrach, konnte man einen ganzen Wald verbrennen, ohne gegen die Kälte anzukommen.

Das Grab zu meiner Linken, überquerte ich die Lichtung und schnappte mir ein paar Scheite. Alle strömten den intensiven Geruch des Monats aus, in dem sie in der lauen Sonne gestapelt worden waren, und von den Bäumen fielen Hunderte rostroter Blätter, strichen auf dem Weg nach unten die Rinde entlang, schwebten noch einmal in die Luft und landeten dann prasselnd wie Regentropfen. Mit vier Scheiten im Arm und auf den Boden geheftetem Blick kehrte ich direkt zur offen gelassenen Tür zurück. Ich wollte nicht hinschauen, aber es passierte dennoch – irgendwie sah ich aus dem Augenwinkel die frische Erde mit dem Stein, den ich daraufgelegt hatte, um Raubtiere fernzuhalten, und mir wurde schwer ums Herz. Als ich wieder in der Hütte war und das Feuer schürte, spürte ich zum ersten Mal, dass er mir fehlte, und dieses Gefühl versetzte meinem Herzen einen schrecklichen Schlag, denn auf einmal begriff ich die wahre Bedeutung des Wortes »tot«. Es bedeutet, dass niemand sieht, wie man lebt oder was man tut.

Und mit der Trauer kroch noch etwas anderes zur Tür herein, der Hauch von etwas anderem, meine ich. Es musste vom Holzstoß gekommen oder aus dem Wald hereingeweht sein, denn so ein Gefühl hatte ich noch nie gehabt.

6

Als ich noch ganz klein war, hat mir mein Vater von einem Mann namens William Shakespeare erzählt, der sich Tausende von Wörtern ausgedacht habe, und zum Beweis zog er die Theaterstücke dieses Mannes aus dem Regal – *Julius Caesar, Cymbeline* und *König Richard II.* – und zeigte mir das Kleingedruckte am Fuß der Seiten, wo diese Wörter und ihre Bedeutung standen. Im Rahmen meiner Erziehung ließ er mich mit seinem Füller Listen mit Shakespeares Wörtern erstellen, jeden Tag ein paar neue, und wenn sich diese Wörter mit dem Geruch der Tinte in meinem Kopf festsetzten und ich sie im Alltag benutzte, freute sich mein Vater im Stillen und lächelte breit hinter seinem Buch hervor, während am Ofen seine Socken trockneten. So vergrößerte ich meinen Wortschatz jede Woche um zirka zwanzig elisabethanische Wörter, die den langen Weg aus dem 16. Jahrhundert zurückgelegt hatten, um in meinem Mund und meiner Hand zu liegen, wenn ich sie zusammen mit den Erläuterungen buchstabierte. Mir fiel die Ausbeute eines bestimmten Tages ein: *blutdurchsiebt* hieß voller Blut, *bestoben* hieß voller Schmutz.

Ich lese mehr, als ich schreibe, doch wenn nötig, kann ich auch einen Satz zusammenfügen. So viele Jahre später, mit einundfünfzig Jahren, nahm ich nun also ein großes Blatt Papier, klebte es mit einem zweiten zusammen, breitete es im letzten Sonnenlicht der Hütte auf dem Fußboden aus und kniete mit einem schwarzen Leuchtstift davor nieder. Warum ich das tat, weiß ich nicht, und das, was ich damit erreichen wollte, blieb ein ferner, lästiger Fleck am Horizont. Doch ich setzte die ersten Zeilen auf, die ich – abgesehen von meiner Unterschrift oder einer Adresse – seit langem zu Papier gebracht hatte, schrieb in Großbuchstaben die Worte HUND ERSCHOSSEN, darunter in kleineren Buchstaben: »Am 30. Oktober zwischen den Wallagrass Lakes und dem McLean Mountain, Belohnung für jeden Hinweis«, und gab schließlich als Adresse mein Postfach an, wo ich einmal wöchentlich, im Winter manchmal auch nur alle zwei bis drei Wochen, meine Post abholte.

Stimmt schon, ich setzte diese Worte am Ofen auf, als Hobbes schon unter der Erde lag und durch Buchstaben nicht mehr zu retten war, und ich kann nicht erklären, warum ich das überhaupt tat, doch ich glaube, das, was an jenem Morgen hinter mir zur Tür hereingekrochen war, brachte mich dazu, oder vielleicht war es auch Shakespeare gewesen, der mich zu dem Plakat inspirierte. Eins von beiden.

Ich ließ den Pick-up warm laufen und brach mit der Bekanntmachung auf, erreichte bald die gut ausgebaute Straße am St. John River und fuhr von da nach Fort Kent, wo ich das Plakat vor dem Supermarkt aufhängte. Ich klebte es richtig fest, damit es dem Wind standhielt, und schlug mit einem flachen Stein, den ich in der Manteltasche aus dem Wald mitgebracht hatte, vorsichtshalber noch einen Nagel ein. Es war früher Nachmittag, und ich kaufte im Supermarkt Brot, Milch, Streichhölzer und Gemüse ein, setzte mich dann ins Café, weil ich Lust auf schwarzen Kaffee hatte und gern im Warmen, Hellen sitzen, mal etwas anderes zu Gesicht bekommen und andere Stimmen hören wollte, denn wegen Hobbes und allem lastete die Hütte zu schwer auf meinem Gemüt. Der dunkle, feuchte Wald war manchmal ein eigenständiges Wesen.

Ich legte meine Handschuhe auf den Tisch und beugte leicht den Kopf, als die Kellnerin mit ihrem Notizblock zu mir kam. Das kannte sie schon von mir, und sie lächelte.

Was darf ich Ihnen bringen?, fragte sie.

Ich saß dort zwanzig Minuten, ließ mir den Kaffee schmecken und genoss, wie der Dampf meine Stirn wärmte, aber dann sickerte die Dunkelheit in die Straßen, und es war Zeit zurückzufahren. Ich verabschiedete mich von der Kellnerin, ging am Supermarkt vorbei und warf einen Blick hinüber, um zu sehen, ob das Plakat noch flach an der Wand klebte. Ich blieb stehen und ging näher heran.

Um die Worte »Hund erschossen« hatte jemand einen Kringel gezogen, in dem in kleinen Buchstaben »Mach's gut, Hund« stand, gefolgt von mehreren Ausrufezeichen, einem Satzzeichen, über das sich mein Vater oft beschwert hatte, weil es kraftlosen Worten als Krücke diente. Ich las weiter. Darunter stand geschrieben: »Was soll's, ein Hund weniger. Reg dich ab«, gefolgt von weiteren Ausrufezeichen. Ich starrte das Plakat einen Augenblick an, während die Leute einen Bogen um mich machten und mir jede Menge Platz ließen, dann riss ich es ab, rollte es zusammen und steckte es in den Mantel.

Ich konnte nicht schnell genug zur Hütte zurückkommen und dann nicht schnell genug hineingehen, weder schnell genug die Ofentür öffnen noch schnell genug das Plakat hineinstecken und verbrennen und dabei zusehen, wie sich das orange glühende Papier um die Scheite ringelte, ich hatte das Gefühl, als wäre die Grausamkeit von Kleinstädten so spitz wie ein Bleistift, ein Stift, mit dem man auf Plakaten von entlaufenen oder erschossenen Tieren herumkritzeln und sich über sie lustig machen konnte. Meine Gedanken hüpften aufgeregt auf einem hohen Baum herum und wollten nicht herabkommen, mich nicht lesen lassen, und sosehr ich es auch versuchte – verschiedene Bücher, verschiedene Autoren, warm und kalt –, es drängte mich zur Tür hinaus, ich musste mich bewegen.

Ich schnappte mir einen Mantel und ging auf dem Pfad in den Wald, in die Richtung, aus der ich den Schuss gehört hatte. Inzwischen war ein ganzer Tag verstrichen, doch mir kam es wie mehrere Wochen vor, und ich spielte alles noch einmal durch, um mich orientieren zu können. Ungefähr fünfhundert Meter weiter, wo die Bäume an ein breites Feld grenzten, sah ich eine gelbe Schrotpatrone im Gras und hob sie auf. Sie war neu, das Metall nicht verrostet, die Plastikhülse noch strahlend gelb. Ein paar Schritte weit im Wald entdeckte ich eine Blutlache und dann gefrorene Blutstropfen, die in Richtung der Hütte führten.

Das war die Stelle. Hobbes hatte es mit einer Ladung Schrot im Körper, abgefeuert aus einem halben Meter Entfernung, noch fünfhundert Meter weit geschafft. Ich blickte den Pfad entlang und sah hinter den in einer Senke stehenden Bäumen das Dach der Hütte. Fünfhundert Meter, um dort hinzugelangen. Ich tastete den Boden ab, bückte mich immer wieder auf der Suche nach Fußabdrücken, fand aber keine. Der durchs Gras streichende Wind hatte sie getilgt.

7

Es war Spätnachmittag. Ich hatte das Feuer ausgehen lassen.

Während der Wald rings um die Hütte still, abweisend und dunkel wurde, saß ich auf dem Gartenstuhl und fragte mich, was wohl mein Vater zu alldem gesagt hätte, was er davon gehalten hätte, dass ein erwachsener Mann, sein Sohn, wegen ein bisschen Blei und einem Hund außer sich war und an einem kalten Feuer saß, falls es so etwas überhaupt gab, dass er im Dunkeln saß mit etwas anderem, das zur Tür hereingekrochen war und in seiner Nähe stand, einem Gefühl oder einem Schemen, der sich nicht ignorieren ließ, sich aber auch nicht vorstellte, sondern von Zimmer zu Zimmer streifte, mit den Möbeln und Vorhängen raschelte und dann mit verschränkten Armen wieder ins Wohnzimmer kam, als wollte er sagen: Und, was ist? Ich saß auf dem Stuhl, als sich das Licht im Zimmer plötzlich auf die Seite des Waldes schlug, und ich unternahm nichts, um das Zimmer zurückzugewinnen, wollte weder lesen noch Tee machen oder Kurzwellenradio hören. Mein Vater hätte das nicht hingenommen, er hätte sein Buch zugeschlagen und gesagt, ich solle mich zusammenreißen. Wie sein Vater vor ihm hatte er schon zu viele Kämpfe erlebt. Mein Blut wurde durch zwei Weltkriege von Gewehren entwöhnt.

Und doch quälten mich die gelbe Patrone und das Blut: ein kurzes Gefecht am Rand eines Pfads in einer gottverlassenen Gegend.

Mein Vater hatte mir erzählt, sein Vater habe so viele Kriege auf dem Buckel gehabt, dass es ein Wunder sei, dass er noch gerade stehen konnte: Orden aus dem Burenkrieg, aus dem Ersten Weltkrieg und anderen kleinen Kriegen, von denen man heute nichts mehr weiß, Scharmützeln im Busch, bei denen in kurzer Zeit Dutzende oder Hunderte starben und dann aus der Geschichte gelöscht wurden. Nach der Rückkehr aus dem Krieg feuerte mein Großvater nie wieder ein Gewehr ab, und vor seinem Tod schenkte er seine Orden meinem Vater und sagte, es sei ihm egal, ob er sie behalte oder wegwerfe.

Eines Tages gestand ich meinem Vater, dass ich nicht verstünde, wie mein Großvater so etwas sagen konnte, und da erwiderte er: Erster Weltkrieg, Schlacht an der Somme, eine abgeschiedene ländliche Gegend in Frankreich, in der über eine Million Soldaten fielen – eine halbe Million Briten, zweihunderttausend Franzosen und über fünfhunderttausend Deutsche, erschossen oder von Geschützen zerfetzt. Vor dem Angriff ließen die Alliierten eine Woche lang ein Artilleriebombardement auf den Feind niedergehen, 1,6 Millionen Granaten aus fünfzehnhundert Geschützen, und trotzdem verloren sie schon am ersten Tag achtundfünfzigtausend Soldaten. Julius, was meinst du, wie viele Menschen das noch wissen?

Nicht viele, vielleicht auch gar keiner, antwortete ich.

Und das ist nicht mal achtzig Jahre her, sagte er. Deshalb war es deinem Großvater egal.

Er nahm eine dunkelblaue Samtschatulle vom Regal und öffnete sie, und da lagen die Orden, die schwerer waren, als ich gedacht hatte.

Trotzdem hast du sie behalten, sagte ich.

Er nickte mit flammenfunkelnder Brille, schluckte, schloss die Schatulle und las dann weiter, und ich ließ ihn eine Weile in Ruhe, denn er sprach nicht oft über seine Gefühle.

Er selbst hatte 1944 während der letzten verzweifelten Monate des Zweiten Weltkriegs in Holland gekämpft, wo sich die Soldaten im Häuserkampf aufrieben und in den nassen Straßen starben. Bei Kriegsende warf er seinen Karabiner weg und kam nach Hause. Er hatte mit dem Töten abgeschlossen und ging danach auch nicht mehr zur Jagd.

Ich bewahrte die Samtschatulle mit den Orden meines Großvaters auf. Eine Million Soldaten wirft man nicht einfach weg.

8

Ich brachte das Feuer mit frischen Holzscheiten wieder in Gang, setzte mich mit einem Becher Tee davor und starrte in die orangefarbenen Flammen. In diesen Augenblicken, kurz bevor ich zu lesen begann, überfiel mich manchmal die Stille. Jetzt, wo das raue Wetter begonnen hatte, würde bald Schnee fallen, der den Winter über liegen blieb. Schon seit ein paar Tagen hatte ich gehört, wie die letzten Kanadagänse über den Wald flogen und mit lautem Geschnatter auf den Feldern landeten, um sich auf dem Weg zu den Brutplätzen im Süden auszuruhen. Nachts hockten sie still in der Ebene, doch am Morgen erhoben sie sich mit tausend Flügeln in die Lüfte, kreisten eine Weile am Himmel und formierten sich unter der Sonne zu einem Pfeil, der nach Süden wies. Diese Jahreszeit machte auch mich ruhelos, vielleicht weil ich sah, dass sich die meisten Geschöpfe bei einem Wetterumschwung entweder häuslich einrichteten oder sich aus dem Staub machten.

Ich lebte schon seit einundfünfzig Jahren in dieser Hütte. In den Sommermonaten arbeitete ich als Landschaftsgärtner für reiche Leute, zumeist Auswärtige mit Ferienhäusern, die sich im Allgemeinen nicht gern mit Einheimischen unterhielten, und das gefiel mir, weil sie sich nicht in meine Angelegenheiten mischten. Außerdem arbeitete ich manchmal in einer Autowerkstatt, wo ich für den Inhaber schwierige Reparaturen ausführte, der Mann hatte immer einen öligen schwarzen Lappen in der Hand und war froh, mich im Frühling zu sehen, sagte, ich könne bei jedem Auto auf der Welt wahre Wunder vollbringen. Mit den beiden Jobs verdiente ich so viel Geld, dass es reichte, um den Winter zu überstehen, und das war auch gut so, denn mein Vater sagte immer: Was du nicht brauchst, steht dir nicht zu. Aber das war alles, was ich tat: den Winter überstehen. Manchmal fragte ich mich, ob es für mich noch etwas anderes auf der Welt gab, ob ich hätte zur Universität gehen sollen und was dann aus mir geworden wäre. Ich hatte mich weder richtig niedergelassen, noch war ich weggegangen, und ich wusste, dass ich mehr für meinen Kopf hätte tun sollen. Wenn ich mein bisheriges Leben in einem einzigen Satz zusammenfassen müsste, würde ich sagen, dass ich seit einundfünfzig Jahren in einer Hütte lebte.

9

Am Mittwoch schlief ich lange, und als ich aufwachte, war ich wie immer bis zu den Augen fest in die Decke gemummt. Ich hatte mich in Socken und langem Mantel ins Bett gelegt und war eingeschlafen, die Fenster offen, damit frische Luft hereinkam. Als ich den Mut aufbrachte, in der Kälte aufzustehen, um Teewasser aufzusetzen, stieg mein Atem in kleinen Wölkchen auf.

Nach ein paar Scheiben Toast mit Butter zog ich Pullover, Mantel und ein gutes Paar Stiefel an und begab mich zur Scheune. Auf dem Weg dorthin sah ich, dass die orangegelbe Kapuzinerkresse im Beet verwelkt war: Die drei Nächte mit leichtem Frost hatten ihr den Garaus gemacht. Ich konnte die Plastikabdeckung entfernen, aber all das hatte Zeit bis später. Es war ein sehr schöner Morgen, die Vögel flogen von Zweig zu Zweig und stürzten sich auf die Samenkörner, die ich für sie ausstreute, und das heiße Wasser, das ich in den Betonbrunnen goss.

Ich schob das Scheunentor auf, ging zu der Werkbank am anderen Ende und wickelte das Gewehr aus der Lederhülle. Ich kontrollierte den Lauf, reinigte die Patronenkammer mit Lösungsmittel und prüfte die Abzugsvorrichtung. Aus einem Wandschrank holte ich eine Tüte Fünf-Schuss-Magazine mit 303er Patronen, schob eins in das Gewehr, schloss die Tür hinter mir und ging noch einmal zu den Blumen hinüber, um zu sehen, ob welche zu retten waren, doch alle ließen bereits die Köpfe hängen. Ich dankte ihnen für ihren Duft und die Freude, die sie mir all die Monate bereitet hatten. Ich blickte nach oben: Ein paar Schneeflocken schwebten aus dem größtenteils blauen Himmel herab, und auf der Lichtung war die Luft vom Geruch der sonnenbeschienenen Baumrinde erfüllt. Ich stellte mich kurz vor Hobbes' Grab, wusste aber nicht, was ich sagen oder denken sollte. Ich hätte alle Bücher in der Hütte, jeden einzelnen Penny, den ich besaß, hergegeben, damit Hobbes sich wieder aus dem Loch erhob. Ich hätte die ganze Sache so gut wie möglich vergessen. Doch er erhob sich nicht, deshalb waren wir jetzt an diesem Punkt angelangt.

Mit einem Stück Brot in der Tasche und heißem Tee im Flachmann brach ich auf in den Wald, an einem Riemen über meiner Schulter das Lee-

Enfield-Gewehr Modell 14 aus dem Ersten Weltkrieg, das mein Großvater meinem Vater vererbt hatte.

10

Ich wanderte ungefähr zwei Kilometer weit in den Wald, mal im Hellen, mal im Schatten, als wäre ich in mehrere Teile zersplittert, von der gebrochenen Sonne mit wenig Licht und noch weniger Wärme bedacht, ich ging langsam, da ich es nicht eilig hatte, machte unterwegs sogar Pause, um einen Schluck Tee zu trinken, und fragte mich, wie in Maine überhaupt irgendwas warm sein konnte und wie es jemandem im Spätherbst, wenn die trockenen Blätter unter den Stiefeln raschelten, gelang, sich an irgendein Lebewesen anzuschleichen. Im Sommer hatten diese Bäume reichlich Schutz vor der Hitze geboten; jetzt standen die meisten kahl im Nordwind und hielten die Kälte nicht ab.

Ich lehnte mich zwischen zwei Baumstämme, die über mir eine Art Gabel bildeten, und stützte die Enfield gegen mein Knie, fünf Kilogramm Holz, Stahl und Harz, die Mündung in den Himmel gerichtet, die einzige Richtung, in die sie gefahrlos zielen kann.

Ich überlegte, wie spät es wohl war. Noch früh an einem schönen Morgen. Es konnte nicht mehr lange dauern.

Ich glaube, ich musste fast zwei Stunden warten, bis ein großer Pick-up mit einem enormen Geweih am Kühlergrill auftauchte, der ungefähr fünfzig Meter entfernt am Waldrand entlangtuckerte und dann anhielt. Der Mann, der ausstieg, schien Anfang dreißig zu sein, ein Riesenkerl in Tarnkleidung, der Kopf oben kahl geschoren und an den Seiten die Haare lang. Zumindest so viel konnte ich erkennen. Er ließ die Tür offen, zog sich andere Stiefel an und nahm ein Gewehr vom Rücksitz, streifte das Futteral ab, richtete die Waffe in den Himmel, holte eine Flasche Bier aus dem Wagen und schloss die Tür. Dann schulterte er das Gewehr, ging vierzig Schritte bis zu einem Baum, an dessen Stamm eine Leiter genagelt war, kletterte die fünf Meter zum Hochsitz hinauf, und dort lehnte er sich zurück und trank einen Schluck aus der Flasche, das Gewehr – dem Anschein nach eine Winchester, zweifellos eine gute Waffe – schräg auf dem Schoß. Jetzt, wo er sich in einer festen Entfernung von zirka achtzig Metern befand, konnte ich ihn eingehender betrachten. Er war kräftig gebaut und hätte mich bei einer Prügelei wohl mühelos besiegt. Seine Kleidung sah teuer und gepflegt aus. Er war ein vorsichtiger und geduldiger Mensch, der sich, falls Geduld und Vorsicht einmal nicht mehr in Gebrauch sein sollten, auch in einer primitiveren Form der Auseinandersetzung behaupten konnte. Aufgrund dieser Einschätzung beschloss ich, Abstand zu wahren.

Vermutlich hatte er vor, den ganzen Vormittag hier zu verbringen und auf die Stille zu warten, in der die Hirsche sich zeigen, ein Rehbock, der am Feldrand entlangstreift, oder noch größeres Wild oben aus den Bergen. Ich legte das Gewehr an die Schulter, schoss aus meinen achtzig Metern Entfernung, und die Kugel traf ihn in die Halsfalten. Er griff danach, als wäre es ein Insekt, drehte sich mit weit aufgerissenen Augen halb um und fragte sich, was passiert war. Es war kein tödlicher Schuss, noch nicht, es spritzte kein Blut. Ich lud durch, als er plötzlich herunterstürzte und auch das Gewehr fiel und flach im Laub landete. Das war gut, dann war seine Waffe gesichert. Es klang, als würde er durch das Loch in seinem Hals stöhnen. Ich trat zwischen den Bäumen hervor und ging auf ihn zu, die Enfield gesenkt und den Finger vom Abzug genommen, denn dieser Mann würde so schnell nicht mehr schießen.

Er sah mich kommen und schüttelte immer wieder den Kopf, als verneinte er eine Frage, die ich ihm gar nicht gestellt hatte. Ich ließ den Blick durch den Wald schweifen, zog eine Zeichnung hervor, die ich von Hobbes angefertigt hatte, und beugte mich zu ihm hinunter.

Hast du diesen Hund erschossen?, fragte ich.

Er schüttelte weiter den Kopf.

Hast du diesen Hund erschossen?

Und dann sagte ich Wörter, die ich zuletzt vor dreißig Jahren ausgesprochen hatte, als ich sie neben meinem Vater lernte. Du bist blutdurchsiebt, sagte ich. Du bist bestoben.

Ich sah, dass er tatsächlich groß und schwergewichtig war, ein Muskelpaket von hundertzehn Kilo, mit riesigen Pranken. Es dauerte eine ganze Weile, bis ich ihn zu der zweihundert Meter entfernten Mulde im Wald geschleift hatte, wo ich ihn hinabstieß und mit dem Stiefel vor mir herwälzte, bis er ganz unten angelangt war. Dann legte ich das Gewehr auf die Leiche, kehrte zum Pick-up zurück und fuhr ihn zwischen den Bäumen hindurch. Der Wagen glitt mühelos durch die Schösslinge, und als ich ihn in das Gehölz lenkte, das ich ausgesucht hatte, sprang ich hinaus. Der Pick-up rollte ins dichte Unterholz und einen Abhang hinunter, und ich trabte hinterher, bis er gegen einen Baum stieß, schaltete die Zündung aus und deckte den Wagen so gut wie möglich mit Zweigen und Blättern ab. Als ich zu der Leiche zurückkehren wollte, fiel mir ein, dass auf dem Sitz eine Zeitschrift gelegen hatte, und ich kehrte noch einmal um: Es war ein Heft namens *Jagd*, auf dessen Titelbild ein riesiger Wapiti prangte.

Dann ging ich zu dem Mann. Ich wollte, dass er weiter unten hinter dem Felsen lag, also zwängte ich ihn in den schmalen, trockenen Wasserlauf, der gerade breit genug war, na ja, ein bisschen zu eng war es schon, aber mein Stiefel kümmerte sich darum.

Du bist ganz schön schwer, sagte ich seufzend und wischte mir den Schweiß ab, der trotz der Kälte meine Stirn hinabrann. Dieses Gezerre und Geschiebe war ermüdend. Wenn er mich mit dieser Faust aus nächster Nähe getroffen hätte, hätte er wohl kurzen Prozess mit mir gemacht, mich einfach k. o. geschlagen. Ich konnte von Glück sagen, dass der Schuss ihn niedergestreckt hatte und er nicht mehr aufstehen konnte.

Ich glaube, er hat kurz vor seinem Tod noch etwas gesagt.

Was?, fragte er, glaube ich, stirnrunzelnd, vielleicht vor Schmerz oder wegen der Wörter, die ich benutzt hatte. Es gab nun mal kein elisabethanisches Land und kein Land für elisabethanische

Wörter. Ich nahm die Zeichnung wieder an mich, denn sein Kopf war zur Seite gesunken und liegen geblieben. Inzwischen war klar, dass ich in dieser Angelegenheit von ihm nichts erfahren würde.

Tut mir leid, sagte ich zum Wasserlauf gewandt.

Mit der Zeitschrift in der Innentasche des Mantels kehrte ich zur Hütte zurück. Die Sonne beschien meine andere Körperseite, und als ich aus dem Flachmann einen Schluck Tee trinken wollte, konnte ich nur noch ein paar warme Tropfen in meinen Mund schütteln.

In der Hütte blieb ich dort stehen, wo Hobbes immer geschlafen und mich mit flammenden Augen betrachtet hatte. Seine Haare hafteten noch an dem Kissen. Mein Freund fehlte mir.

11

Alte Gewehre muss man reinigen, damit sie funktionieren, und am besten geht das, wenn das Pulver im Lauf noch frisch ist und bevor die Splitter des Geschossmantels im Patronenlager verkrusten. Ein verschmutzter Lauf kann die Kugel um mehrere Zentimeter ablenken, und wenn man besonders fahrlässig ist, kann der Schuss auch nach hinten losgehen.

Man reinigt das Gewehr direkt nach der Benutzung.

Ich legte es auf die Werkbank in der Scheune und schob den Stab mit der Bürste in den Lauf, um das Pulver aus den Rillen zu entfernen, die der Kugel im Flug den Drall geben, der für Treffgenauigkeit sorgt. Dann befestigte ich einen in Lösungsmittel getauchten Stofffetzen an dem Stab, mit dem ich den Pulverschleim im Lauf beseitigte, und danach schob ich ein trockenes Läppchen hindurch. Das ist alles, so einfach ist das.

Nun musste ich nur noch mit Wasser verdünntes Kupferlösungsmittel ins Patronenlager gießen und mit einem Tuch die Kugelsplitter herauswischen. Ich wischte, bis der Verschluss glänzte, nahm das Gewehr mit in die Hütte und hielt es verkehrt herum über den Ofen, damit die Feuchtigkeit verdampfte, dann hielt ich den Lauf ins Licht, um eventuelle Rückstände zu entdecken: nichts. Gewehr sauber.

Bevor mein Vater mir gezeigt hatte, wie man schießt, brachte er mir bei, wie man ein Gewehr reinigt. Um den Monatsersten herum konnte ich mir stets sicher sein, dass er irgendwann, den Blick in sein Buch versenkt, von seinem Stuhl her rief: Julius, hast du die Enfield gereinigt?

Ich brachte das Gewehr wieder in die Scheune, denn nur ein leichtsinniger Mensch lässt eine Waffe, auch wenn sie nicht geladen ist, im Wohnzimmer liegen. Und da ich wieder fünf Schuss ins Magazin geladen hatte, war es besser, das Gewehr in der Scheune aufzubewahren; die Patronen hatte ich eingeführt, um jederzeit schießen zu können. Schließlich will man es nicht erst laden, wenn man unter Beschuss steht. Da bleibt einem nur wenig Zeit.

12

In meiner Rastlosigkeit konnte ich mich für kein Buch entscheiden und streifte an den Regalen entlang, mal in der Wärme des Holzofens, mal nicht, vorbei an warmen und kalten Büchern, die strotzend vor Leben strammstanden. Plötzlich fiel mir die Liste der Shakespeare-Wörter ein, die ich abgeschrieben hatte: Sie befand sich auf ein paar Blättern, die ich zwischen *Othello* und *Richard II.* gesteckt hatte. Ich ging in die sich ausbreitende Wärme des Feuers, zog die Liste heraus, setzte mich damit auf den Gartenstuhl und betrachtete sie. Auf der ersten Seite sah ich, in der sorgfältigen Handschrift eines kleinen Jungen, meine drei Wörter, die Ausbeute eines Tages: *Erloschen* hieß tot, *Galgenstrick* war ein hinterhältiger Bursche, *Geleit* ein Begleiter.

Ich sprach die Wörter leise vor mich hin, als befürchtete ich, sie könnten Gestalt annehmen und von der Seite verschwinden. Und es waren so viele, Seiten über Seiten, Hunderte von Wörtern.

Ich sah die Ausbeulung meines am Wandhaken hängenden Mantels und zog die Jagdzeitschrift aus der Innentasche, schürte die Glut, bis sie knisterte, und las dann in dem Heft. Die Seiten waren aus teurem Hochglanzpapier: große Fotos und Werbeanzeigen für Waffen, Bogen und Gewehre, Stiefel und Drillichhosen, Abzeichen der Rifle Association, patriotische Embleme, Statistiken über Munition, Flugbahnen, verschiedene Ladungsgewichte, Fehlerquoten in den Flugbahnen. So viele Statistiken, dass einem schwindlig wurde. Auf einem Berg kniete ein grauhaariger Herr mit seiner Waffe hinter einem Bären, der alle viere von sich gestreckt hatte. Die dazugehörige Bildunterschrift lautete: »Jake Larson erlegte diesen sehr schönen Schwarzbären mit einer Schrotflinte Kaliber 12 und Sabotmunition.« Geschichten aus dem Jägerleben, noch ein Kerl, der zwei fette tote Kaninchen am Ende einer Schnur baumeln ließ. Auf der nächsten Seite ein Hirschkopf und eine polierte schwarzgoldene Flinte, die an einem Baumstamm lehnte, mit drei fächerförmig angeordneten Schrotpatronen neben dem Schaft: »Dieses große Wild habe ich aus siebzig Metern mit Sabotmunition und einer Browning-Gold-Flinte erledigt. Der Hirsch stürzte sofort zu Boden, brauchte aber noch einen Fangschuss.« Die Augen des Hirsches standen offen, das Fell rund um die Schusswunde war verfilzt. Ein langer Aufsatz über die Gewehrauswahl für Anfänger: das Zentralfeuergewehr, der Vorderschaftrepetierer, die Doppel- oder Bockdoppelflinte und der Selbstlader, alles mit Preis und Marke, Vor- und Nachteilen, dem Wild, das man damit jagt. Und überall Fotos von Männern mit Baseballkappen.

Ich las eingehend in der Zeitschrift, verweilte bei den Schilderungen und verlor mich in den Gewehrinformationen und der Kameraderie. Eine ganzseitige Anzeige für den neuen Remington-Vorderschaftrepetierer, Modell 870, Kaliber 12, Spezialanfertigung. Ich las die Telefonnummern in den Anzeigen, die Vorwahlnummern, das Kleingedruckte und die Geschäftsbedingungen, weil man mir beigebracht hatte, alles sorgfältig zu lesen, sogar die Fußnoten, denn darin stand oft die wahre Geschichte. Es war offensichtlich: Vieles am Streben dieser Männer und der paar Frauen ließ sich als Leidenschaft bezeichnen. Sie liebten die kalten Wintertage im Freien, den kleinen Ausflug, ein Mann und sein Gewehr in der Wildnis, das klare Wetter, die Gefahr. Na, dann viel Glück, dachte ich, denn die Jagd hat für sie etwas Aufregendes, so viel ist sicher. Und sie waren mit einer Kleidung und einer Ausrüstung ausgestattet, wie sie meinem Großvater oder meinem Vater nicht zur Verfügung gestanden hatten, als sie in die großen Schlachten zogen, die das Schicksal von Völkern entschieden. Ich schlug die Zeitschrift zu und zwängte sie zwischen Victor Hugos *Die Züchtigungen* und den Roman *Die Elenden*, denn mein Vater hatte mir auch gesagt, ich solle das geschriebene Wort niemals wegwerfen.

13

Nachmittags um halb drei war ich es leid, in der Hütte zu sitzen, weil wieder dieselbe Rastlosigkeit mein Blut, meine Augen, meine Hände quälte, so sehr, dass ich die Rastlosigkeit überall zu sehen glaubte. Und außerdem erschien es mir ungerecht, dass ich noch auf der Erde weilte, während mein Gefährte der letzten Zeit unter derselben Erde lag, so dass mir der Verlust wieder vor Augen stand, und ich musste mir einen anderen Ort suchen, wo ich die Zeit verbrachte. Also ging ich in die Scheune, streute eine Handvoll Samenkörner für die Vögel aus, denen es bei Einbruch der Nacht an Wärme und Nahrung mangeln würde, und sie kamen von allen Seiten angeflogen, da sie wussten, dass ich sie jeden Tag fütterte, und dann ging ich mit der Enfield in den Wald, denselben Pfad entlang, der mich zu derselben Stelle führte, und sang ein Lied aus dem Ersten Weltkrieg, das ich als Kind gelernt hatte: »It's a long way to Tipperary, it's a long way from home, it's a long way to Tipperary, to the sweetest girl I know.« Ich setzte mich an dieselbe Stelle und sah zwischen den Bäumen hindurch einen Hirsch auf dem Feld.

14

Mein Großvater wurde erst Soldat, als der Krieg längst im Gange war, das heißt, als das amerikanische Heer 1917 in den Krieg eintrat, ging er an Bord eines Transportschiffs und überquerte darauf den Atlantik. Und man gab ihm ein gutes Gewehr, ein Springfield Kaliber 30. Bei Kriegsende tauschte er die Waffe mit einem britischen Soldaten, der ein Jahr lang mit einer Lee-Enfield im Schützengraben gelegen und mit der Scharfschützenversion Modell 14, ausgelegt für 303er Patronen, mit einem Fernrohraufsatz, deutsche Soldaten abgeknallt hatte.

Das letzte Mal, dass mein Großvater einen Menschen erschoss, war bei der zweiten Marne-Schlacht, wo er auf die deutschen Truppen feuerte, die den Fluss überquerten. Sie erlitten schwere Verluste, und danach war mein Großvater anscheinend nicht mehr imstande, sein Ziel zu treffen, und schoss bis zum Kriegsende jedes Mal daneben oder zu hoch. Am letzten Kriegstag, dem

11. November 1918, saß er mit seinen Freunden da und zählte die Minuten bis zum Beginn des Waffenstillstands um elf Uhr. Währenddessen verließ ein britischer Soldat seinen Posten und näherte sich bei einem Aufklärungseinsatz den deutschen Linien. Seine Freunde riefen ihn zurück. Die Deutschen bedeuteten ihm, umzukehren und zu warten, doch er hörte nicht auf sie. Also erschossen sie ihn. Sechzig Sekunden später war der Krieg vorbei. Alle kletterten aus den Schützengräben und schüttelten sich die Hände. Mein Großvater tauschte das Gewehr, das in letzter Zeit so oft danebengeschossen hatte, gegen die Enfield des britischen Scharfschützen ein und nannte das Blutaustausch, weil der Scharfschütze gesagt hatte, er habe mit der Enfield in knapp zwei Jahren achtundzwanzig Männer getötet.

Und so begab es sich, dass mein Großvater Anfang 1919 mit einem Gewehr nach Maine zurückkam, das er nie benutzt hatte und mit dem achtundzwanzig Männer erschossen worden waren, und obwohl er es in gutem Zustand hielt, schoss er auch nach dem Krieg kein einziges Mal damit, denn er sagte, er habe genug Tote gesehen und genug Kordit gerochen, und der Krieg habe ihm das Schießen ausgetrieben. Nach dem Tod meines Großvaters gehörte das Gewehr meinem Vater, aber auch er schoss nicht damit, sondern nahm es nur alle paar Monate aus dem Holzkasten, um es zu reinigen.

Mit zwölf Jahren nahm er mich einmal mit in die Scheune, holte das Gewehr aus dem Kasten und wickelte es aus der Lederhülle, ging mit mir in den Wald und zeigte mir, wie man es benutzt. Ich war der Erste seit 1918, der mit diesem Gewehr schoss, und ich hatte Mühe, es auch nur gerade zu halten, denn es wog über vier Kilo. Mein Vater erzählte mir, das Gewehr, das ich in Händen hielte, habe bestimmt etliche deutsche Soldaten in den Schützengräben das Leben gekostet, wahrscheinlich vor allem Offiziere, deren in deutschen Kleinstädten oder Dörfern lebende Frauen und Kinder in den folgenden Wochen Briefe mit offiziellen Beileidsbekundungen erhielten. Als er mir das erzählte, schien das Gewehr noch schwerer zu werden. Er sagte, ich sei befähigt, das Gewehr zu benutzen, sobald ich ein angenehmes, leicht mit Angst vermischtes Gefühl dabei hätte. Und ich solle nie vergessen, aus der Schulter zu schießen und beim Abdrücken zu atmen.

Während ich mit ihm und dem Gewehr, das ich kaum gerade halten konnte, im Wald stand, hatte ich hauptsächlich Angst. Als ich durch das Visier blickte, sah ich statt der leuchtenden Wälder von Maine sechshundert Meter entfernt, auf der anderen Seite eines schlammigen Schlachtfelds, Schemen in grauen Uniformen, die Gespenster von Männern, die längst tot waren und dennoch im Visier lauerten. In diesem Moment war das Gewehr am schwersten. Ich glaubte, Pulver zu riechen, doch mein Vater sagte, das Pulver sei längst verraucht, Lauf und Verschluss gut gereinigt.

Er lachte über mein Zögern und sagte, in einem Gewehr befänden sich bloß Kugeln. Es sei ein Mann nötig, um das Gewehr zu halten, ein Auge, um es aufs Ziel zu richten, und ein Finger, um abzudrücken. Ein Gewehr schieße auf eine Blechbüchse oder einen Präsidenten und sei weder besser noch schlechter als die Leute, die es benutzten.

15

Ich saß im Wald und wartete, ohne dem Hirsch auf dem Feld Beachtung zu schenken. Es verstrich nicht allzu viel Zeit. Der Mann, der schließlich auftauchte, schien aus den Bäumen hervorzutreten, so leise bewegte er sich. Ich sah nichts, aber ich hörte ihn. Ich hob nur den Blick und bewegte keinen anderen Muskel im Körper, und dennoch verstrichen die Sekunden, ohne dass er zu sehen war, und ich dachte schon, er komme nur in meiner Vorstellung auf mich zu, nicht im Wald. Letztlich verrieten ihn seine Stiefel: Er trug neue oder vor kurzem geputzte Stiefel, ich hörte das leichte Quietschen, und dann sah ich ihn, in Drillichsachen, gut getarnt vor dem dunkelbraunen und grünen Unterholz, das Gewehr in beiden Händen, aufwärts gerichtet und bereit für einen raschen Schuss, den Zeigefinger am Abzugsgehäuse wie ein kriegserfahrener Soldat. Dieser Mann pirschte sich gern an seine Beute an, folgte ihr, beschattete sie und schlug dann zu wie ein Blitz. Seine Waffe war also vermutlich geladen, sie sah aus wie eine Schrotflinte mit Sabotmunition, auf eine Entfernung bis zu hundert Metern mit Sicherheit tödlich. Ich schätzte, dass er neunzig Meter von mir entfernt war, er wirkte begeistert von dem großen Tier, das jetzt auf dem offenen Feld äste, starrte es mit geducktem Kopf an und setzte den Fuß lautlos und geschickt auf, für diesen großen Mann mit den breiten Schultern, dessen Bauarbeiternacken anscheinend das Tragen schwerer Lasten gewohnt war, eine Meisterleistung. Sein Schädel war von roten Stoppeln bedeckt. Dass er keine orange Weste trug, war leichtsinnig von ihm.

Er hob im Dickicht die Flinte und zielte, und im selben Augenblick sprang ich hinter den beiden Bäumen hervor, riss das Gewehr an die Schulter, atmete kurz aus und drückte ab. Er stürzte sofort zu Boden, und es sah aus, als würde der Wald in seinen Kleidern fallen. Der Hirsch war bereits in der Mitte des Feldes, legte mit jedem Satz mehrere Meter zurück, den Kopf dem Horizont entgegengestreckt, als hätte das Gewehr auch auf ihn geschossen.

Der Hirsch konnte natürlich nicht wissen, wie viel Glück er gehabt hatte.

Ich näherte mich dem Mann, der vornüber aufs Gesicht gefallen war und schwer atmend ins Laub schnaubte. Die Kugel hatte ihn zwischen den Schulterblättern getroffen, dreißig Zentimeter unterhalb des Nackens, und er streckte vergeblich die Hand danach aus, wie es neulich auch der andere Mann getan hatte. Er konnte weder das Blei entfernen noch die Zerstörungen rückgängig machen, die es in seinem Körper angerichtet hatte.

Was geschah dann? Ich spürte den Luftzug nicht. Ich glaubte nur, ihn zu spüren, und das ist etwas ganz anderes.

Es war ein Messer an meinem Hals, aber als ich mich umdrehte, das Gewehr nach links schwenkte und hinter mir in einem Baumstamm den dumpfen Aufprall hörte, war es doch kein Messer. Na gut. Der zweite Mann eines ungewöhnlichen Jägerpaares, wo auch immer er sich befand. Er hatte eine Armbrust und ging irgendwo auf der anderen Seite des Waldes parallel zu seinem Freund: Er hatte den Schuss gehört und gesehen, begriffen, was los war, und auf mich angelegt. Sein Schuss hatte mich nur gestreift. Doch dieser Mann würde kein zweites Mal denselben Fehler begehen und legte bestimmt schon einen weiteren Bolzen ein, der so stabil war, dass er durch mich hindurchging, wenn er ins Schwarze traf. Ich hielt das Gewehr an die Schulter und ergriff den Schlosshebel, schob ihn zurück und wieder vor, um die eine Patrone auszuwerfen und die nächste zu laden, und hoffte, beim Anblick eines Gewehrs, das in seine Richtung zeigte, würde der Mann sich bewegen. Los! Rühr dich! Irgendwie musste ich ihn dazu bringen.

Doch er bewegte sich nicht, sondern atmete, und ich sah das Atemwölkchen, zielte darauf und schoss.

Sofort war meine Hand wieder am Verschluss direkt über dem Abzug und lud durch. Zuerst war das Stöhnen zu hören, und wieder sah ich, wie der Wald sich bewegte, dann wurde auch dieser in Drillich gekleidete Mann wackelig in den Knien und sank zu Boden. Ich ging hinüber, da ich vermutete, dass die Wunde nicht tödlich war. Als ich bei ihm ankam, versuchte er nachzuladen, während aus seiner rechten Schulter das Blut strömte und den Stoff seiner Jacke rot färbte.

Mit schlaffem Kinn, die Augen vor Schmerz verdreht, sah er mich kommen. Träge und teilnahmslos blickte er zu seinem Freund hinüber.

Du hast bei deinem Schuss Pech gehabt, sagte ich. War ein guter Schuss. Du hättest mich fast erwischt, aber du hast auf die schmalste Stelle meines Körpers gezielt.

Er fummelte an der Armbrust herum, und ich trat sie ihm aus den Händen. Der Kerl war knochig, hatte kaum Fleisch auf den Rippen und lief trotz seiner Drahtigkeit Gefahr, an den Gelenken schnell auszukühlen. Er zitterte an Armen und Beinen, das war der Schock, der ist schlimmer als jede Wunde.

Erloschen, Armbrustjäger.

Du Scheißkerl, sagte er.

Das war nicht nötig, sagte ich und schoss ihn in den Erdboden, und das Schießpulver aus dem zweiten Loch in seinem Körper duftete wie eine schwarze Blume.

Ich ging zu dem Ersten hinüber, der sich, seit er gestürzt war, nicht mehr gerührt hatte, aber schwerfällig betete oder irgendwas sagte, das weder mir noch ihm selbst galt, sondern jemand anderem, der nicht anwesend war. Ich lud wieder durch, legte die Enfield auf den Boden und zog die Zeichnung von Hobbes aus der Hemdtasche, drehte den Mann auf den Rücken, hielt ihm das Bild vors Gesicht und blickte ihm direkt in die Augen, um zu sehen, ob er eine Reaktion zeigte.

Hast du meinen Hund erschossen, den hier?

Er sagte etwas, doch der Schock unterbrach seinen Speichelfluss und beraubte ihn der Möglichkeit, Worte hervorzubringen. Dennoch versuchte er es. Sein Kopf fiel zur Seite, sein Mund bewegte sich im Schmutz, als wollte er mit der Erde reden statt mit mir. Sein rechtes Auge war feucht, ihm lief der Rotz aus der Nase, unter der hochgerutschten Jacke sah ich einen lila Fleck in der Nierengegend. Sein Mund bewegte sich wieder, klappte im Schmutz auf und zu und sprach seine geheimen Worte aus. Behalt es für dich, ist schon in Ordnung, es ändert nichts mehr.

Doch er war schon nicht mehr bei sich, betäubt vom Schock, er schüttelte den Kopf, oder der Kopf schüttelte ihn, und ich fragte ihn noch einmal, fragte ihn eindringlich, ob er meinen Hund erschossen habe, ob er ein Hundemörder sei, aber er sank ins Laub zurück, und als ich mich bückte, um ihn hochzuheben, war er nur noch ein feuchter roter Lumpen von einem Mann in Tarnkleidung.

Ich sagte: Du hast aus einem Versteck geschossen, aber ich hab dich gesehen. Und dein Geleit ist ein Galgenstrick.

Ich glaubte, einen Funken aufleuchten zu sehen, eine Art Verwirrung.

Bittich, sagte ich dann, war dein Versteck nicht gut genug verborgen? Ich hab dich erlegt, hab dich erledigt.

Ich wartete neben ihm, bis er starb, und sagte ihm ein Ave ins Ohr, obwohl er schon nichts mehr hörte. Nach allem, was passiert war, glaubte ich, dass der Mann, der meinen Hund erschossen hatte, jetzt höchstwahrscheinlich tot war, und viele wären bestimmt der Ansicht, dass ich Unrecht getan hatte. Und damit hätten sie recht, denn zwei von den dreien waren es nicht gewesen, und diese beiden hatte ich fraglos zu Unrecht erschossen, besonders weil ich im Vollbesitz meiner geistigen Kräfte und ansonsten ein Mann von Prinzipien war.

Ich musste nur noch den Wald säubern und die beiden zu ihrer letzten Ruhestätte bringen. Nach kurzem Nachdenken schleppte ich sie zum Pick-up des vorigen Mannes und legte sie auf der Sitzbank übereinander, den Kopf des einen auf die Füße des anderen, damit sie nicht umkippten. Schließlich waren sie Freunde. Als ich die Windschutzscheibe wieder mit Laub und Zweigen abgedeckt hatte, kehrte ich auf dem Pfad im Nu zur Hütte zurück, wo ich das Gewehr reinigte und im Kasten in der Scheune verstaute.

16

Eine Frau riet mir einmal, mir einen Hund zuzulegen – wenn schon nicht zur Jagd, dann damit ich Gesellschaft hätte. Sie sagte, ein Mann sollte nicht wie ich ganz allein im Wald leben. Wir gingen alle Geschöpfe Gottes durch, die mir Gesellschaft leisten könnten, und einigten uns auf einen Hund, was angesichts meiner Lebensumstände eine gute Entscheidung war.

Das war jetzt vier Jahre her.

Wir waren zum städtischen Tierheim in Fort Kent gefahren, denn ich wollte keinen Hund kaufen, und schon gar keinen Zuchthund, die beanspruchen viel Zeit und sind in großen Häusern besser aufgehoben. Im Tierheim gingen wir an den Käfigen entlang, lauter Pfoten und Köpfe, die sich nach Auslauf sehnten, nach ein bisschen frischer Luft, und nach ihren Herrchen bellten, die sich ihrer auf alle möglichen Arten entledigt hatten, die sie verloren, vor Supermärkten ausgesetzt, sie mit Stöcken davongeprügelt oder ihnen nichts zu fressen gegeben hatten. Und die Hunde warteten darauf, dass ihre Herrchen zurückkamen und sie holten, jedes Gesicht nahmen sie in Augenschein, um zu sehen, ob sie es kannten.

Hier, sagte meine Begleiterin, und wir blieben vor einem Käfig stehen, in dem ein Hündchen, das so groß war wie meine Hand, ständig im Kreis herumlief.

Der Junge, der dort arbeitete, nickte traurig, als wüsste er, dass die Zeit dieses Kerlchens bald abgelaufen war. Seine Rasse und die geringe Größe würden niemandes Herz gewinnen und ihm kein Zuhause einbringen. Man würde ihn einschläfern.

Der Junge sagte: Er wurde von einem Ehepaar hergebracht, das Zwillinge bekommen hat und ihn vorsichtshalber nicht im Haus behalten wollte. Er ist schon eine Woche hier.

Können Sie ihn kurz rauslassen?, fragte ich.

Der Junge öffnete den Käfig und packte das gefleckte Kerlchen – größtenteils Terrier, aber Schnauze und Brust eines Pitbulls – im Genick. Ich nahm ihn und beugte mich zu ihm, und da zwickte mich der kleine Mistkerl doch in die Nase.

Den nehme ich, sagte ich und deutete mit dem Finger auf ihn, obwohl er der Einzige war, der nicht im Käfig saß, sondern auf meiner Hand. So sicher war ich mir. Wir nahmen ihn gleich mit nach Hause. Er sprang aus dem Pick-up, lief auf die Lichtung und spazierte überall herum, um alles in Besitz zu nehmen und zu begutachten, den ganzen Platz, der ihm plötzlich zur Verfügung stand.

Das war wirklich eine glückliche Zeit für mich, noch nicht so sehr wegen des Hundes, sondern wegen der Frau, die mich aufgefordert hatte, mir einen zu suchen. Ein paar Wochen vorher war sie an einem Spätfrühlingstag aus dem Wald aufgetaucht und über die Lichtung zur Hütte gekommen, und als ich vor die Tür trat, um sie zu begrüßen, erzählte sie, sie habe sich auf einem Spaziergang verlaufen, und ihr Wagen stehe irgendwo ziemlich weit weg, doch dabei zeigte sie nicht die leiseste Spur von Angst. Wenn sie in diesen Wäldern spazieren ging, hieß das, dass sie eine Einheimische war. Sie deutete auf die Blumen, die gerade ihre Köpfe herausstreckten.

Sie haben Blumen gepflanzt.

Ich nickte. Stimmt. Die leisten mir hier draußen Gesellschaft.

Diese Antwort schien ihr zu gefallen, und sie betrachtete ihre Hände, die sie aus den Handschuhen geschält hatte. Die Hände waren weiß, eingerieben mit einer Creme, höchstwahrscheinlich einer leichten Salbe, deren Duft ich roch. Ich fragte, ob sie eine Tasse Tee trinken wolle.

Als sie die Bücher sah, öffnete sie den Mund, sagte aber kein Wort.

Ich hantierte mit dem Kessel, ließ das Wasser so lange aus dem Hahn laufen, bis es klar war, und sah nach, ob ich irgendwelche Papiere oder ein Buch auf dem Stuhl liegengelassen hatte. Das Feuer war warm und knisterte schön, aber die Frau kümmerte sich nicht darum, sondern ging in den von den Bäumen und dem Fensterrahmen gebrochenen Sonnenlichtstreifen an den Regalen entlang. Ihre eleganten Schuhe klackten auf den nackten Dielen.

Das müssen Tausende sein, sagte sie schließlich. Es dauerte eine Weile, bis sie die Worte hervorbrachte. Ihr Akzent hatte eine lokale Färbung.

Dreitausendzweihundertzweiundachtzig, sagte ich.

So etwas hab ich noch nie gesehen, erwiderte sie lächelnd und klatschte in die Hände. Und dann haben Sie auch noch überall Grünpflanzen und Gemälde. Das ist herrlich.

Sie ließ die Finger über die Buchrücken gleiten und betastete die aufgeprägten Titelbuchstaben. Dann beugte sie sich dicht heran, roch am Leder und schloss die Augen. Als sie die Autoren mit H hinter sich ließ, verlor ich sie aus den Augen, doch ich hörte sie vor sich hin murmeln, als ich den Tee aus der Küche brachte. Sie saß auf dem Stuhl und strich über die Grünlilie, die einzige Pflanze, die so nah am Feuer stehen konnte.

Ist ein schönes Bild, wie Sie da auf dem Stuhl sitzen, sagte ich.

Das war der Tag, an dem ich Claire kennenlernte. Am nächsten Tag kam sie wieder und ein paar Wochen später noch mal, und da wir uns bei Einbruch der Dunkelheit immer noch unterhielten, blieb sie bis zum Morgen, schlief neben mir im Bett, und schon bald legte ich den Arm um sie, sie ließ es zu, wir wärmten uns, und bevor wir schliefen, bat sie mich, den Mantel auszuziehen, weil ich doch Gesellschaft hätte. Ich spürte sie neben mir kichern.

Sie sagte, ich sähe aus wie eine Strohpuppe, eine blonde Vogelscheuche mit blauen Augen, deren Füße über die Matratze ragten. Ich sei so groß, dass man mich mit meinem blassen, schneeweißen Gesicht, den blauen Augen und blonden Haaren meilenweit sehen könne.

Ja, es stellte sich heraus, dass ich vom Kopf bis zu den Zehen 1,89 m maß, das war mir neu, denn ich hatte mir nie groß Gedanken darüber gemacht, sondern mich, wenn ich ein anderes Haus betrat, meistens unwillkürlich gebückt, was aber sowieso nicht oft vorkam. Sie sagte, ich sei der schönste Mann, der ihr je begegnet sei, und das klang seltsam aus dem Munde einer Frau, die jeden Mann hätte haben können. Aber sie war in ihrem Mantel aus dem Wald getreten und hatte sich für mich entschieden. Ich war glücklich, fühlte mich so wohl wie seit Lebzeiten meines Vaters nicht mehr. Ich lag neben ihr und musste wieder daran denken, was mich im Dunkeln umgab: ein einfaches Leben, die Matratze auf Kisten, der Stuhl mit dem roten Samtkissen, auf dem mein Vater immer saß und Shakespeare las, ja, das beste Möbelstück im Haus, und das gute Rosenthal-Porzellan für den Tee, zwei Tassen mit Untertassen. Es gab viel, wofür ich dankbar sein musste.

Sie fragte, ob meine Eltern mir fehlten.

Beide schon lange tot, sagte ich, und das war die Wahrheit.

Sie fragte mich, was passiert sei, und ich erzählte ihr, meine Mutter sei gestorben, als ich durch ihren Körper glitt, um meine ersten Atemzüge zu machen. Ich habe sie durch meine Geburt umgebracht, sagte ich.

Du hast sie nicht umgebracht, erwiderte Claire. Und sie ist nicht tot, nicht in deinen Gedanken, sagte sie und berührte meine Stirn. Ich zuckte zurück, weil ich nicht gewohnt war, dass mich jemand berührte.

Ihre Worte gefielen mir besser. Aber es stimmte, dass ich meine Mutter umgebracht hatte, sie war der erste Mensch, den ich umgebracht hatte, das konnten keine Worte ungeschehen machen. Es hatten nur ein paar Augenblicke gefehlt, und ich hätte sie noch am Leben gesehen. Nachts sprach ich oft mit meiner Mutter, flüsternd, in der Hoffnung, dass ein letzter Rest von ihr mich hören konnte, ein Abdruck, den sie auf einem Kerzenhalter hinterlassen hatte, ein Atemhauch, der noch an dem Fenster klebte, aus dem sie eines Morgens geblickt hatte.

Wenn die Liebe einen Widerhall hinterlässt, sagte ich, dann ist meine Mutter noch bei mir. Wenn nicht, dann ist mir nichts von ihr geblieben.

Die Sommersonne machte die Tage immer länger, und schon bald fiel der Blick aus dem Fenster auf gelbe, dunkelrote und lila Blumen. Schmetterlinge schwebten durchs üppige Gras und in die Stängel hinauf, flatterten grün und braun durch den Morgen. Claire kam immer wieder aus St. Agatha herüber, einem kleinen französischen Städtchen am Long Lake, gut dreißig Kilometer östlich von mir, wo sie in der Nähe ihrer Eltern wohnte. Ich fragte sie, warum jemand wie sie mit Ende dreißig noch nicht verheiratet sei, und fügte hinzu, Ende dreißig sei für eine Frau noch sehr jung, denn aus den Büchern wusste ich, dass dieses Thema eine heikle Angelegenheit ist. Sie antwortete, sie sei mal verlobt gewesen, doch die Beziehung habe nicht gehalten. Bei diesen Worten musterte sie mich eingehend. Ich wusste nicht, warum sie mich so prüfend anblickte, deshalb nickte ich.

So was kommt vor, sagte ich. Menschen kommen zusammen, Menschen trennen sich.

Da schien sie sich zu entspannen, holte tief Luft und fügte hinzu: Ich glaube, ich werde eines Tages ein Kind haben.

In ihren Augen sah ich eine Tochter, keine Ahnung, warum.

Sie wird bestimmt glücklich, sagte ich.

Claire hielt meine Hand und nickte. Du bist ein lieber Mensch, Julius Winsome. Dann lachte sie und sagte: Vor ein paar Wochen habe ich bei einem Waldspaziergang einen hageren Riesen entdeckt, der in einer winzigen Hütte lebt.

Wir nannten den Hund Hobbes, nach einem Philosophen, dem ersten Namen, auf den unser Blick fiel, als wir aufs Geratewohl ein Buch aus dem Regal zogen. Also hatte Hobbes seinen Namen einem

Zufall zu verdanken. Es hätte genauso gut Charles, Hugo, Stevenson oder Leviathan sein können, zum Glück nicht Letzterer mit seinen vielen Silben. Eines Mittwochabends brachte Claire aus einem Laden in der Stadt ein Hundekörbchen mit, und Hobbes fand sofort Gefallen daran und verbrachte viele glückliche Tage in das Körbchen gekuschelt, doch im Lauf der Wochen wurde er zu groß dafür und brauchte mehr Platz. Terrier sind schlau. Rasch lernte er die Wörter »gehen«, »laufen« und »fahren«, die drei Wörter, die er kannte, oder zumindest die, von denen er es mich wissen ließ. Beim Klirren der Autoschlüssel kam er aus dem Wald gesprungen oder kratzte an der Tür, um nach draußen zu kommen. Wenn wir durch die Landschaft fuhren, streckte er stets den Kopf aus dem Fenster und ließ sich den Wind ins Gesicht wehen. Er war ein durch und durch glücklicher Hund, vielleicht auch, weil Hunde ein kurzes Leben haben und einen speziellen Sinn für das Verstreichen der Zeit besitzen. Sie fressen mit Inbrunst, sie spielen mit Inbrunst, sie schlafen mit Inbrunst.

Und jedes Mal, wenn Claire zu Besuch kam, hörte er ihren Pick-up früher als ich, lief ihr zwischen den Beinen herum und sprang hoch, um ihr das Gesicht abzulecken.

Er leckt dich ab, um bei dir seinen Duft zu hinterlassen, sagte ich.

Sie sagte: Und ich dachte, er mag mich.

Das auch, erwiderte ich.

17

Im zweiten Sommermonat kam Claire zweimal pro Woche vorbei, manchmal auch, wenn ich in den Gärten reicher Leute in Fort Kent oder in der Autowerkstatt arbeitete. Ich schloss nie die Tür ab, denn ich hatte ja Hobbes, der zu einem freundlichen, aber lebhaften kleinen Pitbullterrier herangewachsen war, also ging Claire hinein und las Bücher oder setzte sich auf die Veranda und betrachtete den Wald oder kümmerte sich um die Blumen. Ich hatte weder Telefon noch Fernsehen, und vermutlich gefiel ihr die Stille des Waldes, trotz des Gegackers der Perlhühner, und mit der Zeit genoss sie den Rhythmus, der die Sorge linderte, die sie anscheinend mit sich herumschleppte, eine Angst, die urplötzlich auftauchte und nicht wieder verschwinden wollte.

Abends tranken wir aus Pappbechern Tee und den Wein, den sie aus dem Supermarkt mitbrachte, und manchmal kramte ich die türkischen Zigaretten hervor, die ich für besondere Anlässe aufbewahrte. Mir gefiel, wie ich mich auf der Heimfahrt freute, mit ihr zusammen zu sein, sie abends zu sehen, mir gefiel die Vorfreude auf ihren Duft, auf ihre Berührung, die mich erzittern ließ wie Espenlaub, das Glücksgefühl, wenn ich ihren Pick-up auf der Lichtung stehen sah.

Gegen Ende des Sommers kam sie eines Tages nicht mehr. Ich begann gerade, mich an sie zu gewöhnen, und begriff nicht, warum sie wegblieb. Monatelang hörte ich nichts von ihr und fragte mich, ob etwas passiert war, also fuhr ich nach Fort Kent, um sie zu suchen. Doch das war schwierig, denn sie hatte mich nie zu ihren Eltern mitgenommen, die ihr zufolge in St. Agatha wohnten, auch nicht zu sich nach Hause oder zu ihren Freunden. Ich ließ es dabei bewenden, denn die Menschen haben ihre Gründe, und wenn man sie danach fragen muss, ist das schon eine Frage zu viel. Ihre Eltern waren bestimmt nette Leute, die nichts von mir wussten oder nichts mit mir zu tun haben wollten.

Schließlich lief ich ihr zufällig vor einem kleinen Café über den Weg.

Mit betrübter Miene sagte sie: Er hat ein Haus und einen Beruf.

Wer?, fragte ich.

Du weißt schon.

Nein, weiß ich nicht. Ich hatte keine Ahnung, wovon sie sprach, doch es klang nach einem anderen Mann.

Sie las meine Gedanken oder sah es mir am Gesicht an, denn sie sagte, sie sei schon eine Weile mit ihm zusammen. Er wohne auch in der Stadt. Vielleicht sollte ich das wissen.

Ich muss mich auch um mich kümmern, sagte sie.

Ja, das stimmt, erwiderte ich, und im selben Augenblick verlor ich sie. Ich wusste nicht, wer der andere Mann war, und hatte das Gefühl, sie hatte sich tatsächlich die ganze Zeit mit ihm getroffen. Und sie hatte mich verlassen.

All das liegt schon Jahre zurück, doch noch immer schweift mein Blick in den manchmal weißen, manchmal grünen Wald, in der Hoffnung, dass sie eines Abends auftaucht und zu mir zurückkommt, aber dann wird mir klar, dass ich bloß träume und auf keinen Fall imstande wäre, sie wieder willkommen zu heißen. Sie hat sich ihr Leben mit allem Drum und Dran ausgesucht. Vielleicht gibt es für viele Dinge gar keinen Grund, und sie passieren nur, weil die Menschen sie tun.

Als sie mir die Neuigkeit erzählt hatte, fiel es mir schwer, wieder allein zu leben, und bald darauf kam der Winter und machte es noch schwerer.

18

Als ich nach den Vorfällen, die sich früher am Tag im Wald zugetragen hatten – ich meine die Begegnung mit den beiden Männern und alles, was dazu führte, dass sie jetzt aufeinanderlagen –, in die Hütte zurückkehrte, aß ich Abendbrot und las dann Shakespeare, seine Wortschöpfungen.

Als ich noch jung war, überprüfte mein Vater oft die Liste elisabethanischer Wörter, um sich zu vergewissern, dass ich mindestens drei neue pro Tag lernte. Beim Durchgehen der Spalte sah ich, dass ich mit neunzehn an einem bestimmten Dienstag – das entnahm ich dem Eintrag – fünf Wörter gelernt hatte, also hatte es wohl draußen geregnet, oder ich hatte am Vortag vergessen, welche zu lernen. Ich sah mir die Liste an: *Cinquepas* war ein Tanz, *Gleisnerei* bedeutete Heuchelei, *Wildling* war ein unfreundlicher Mensch, *Wirrnis* bedeutete Aufruhr und *prellen* betrügen. Ich schlürfte den Tee, lehnte mich auf dem roten Kissen zurück und dachte mir im Wohlgefühl des Augenblicks irgendwelche Sätze aus: »Der Wildling führte einen Cinquepas auf, als ich ihn erschoss. Der Zweite wollte mich umbringen, aber ich prellte ihn um diese Gelegenheit, indem ich ihm zuvorkam.«

Ich sprach noch mehr Sätze vor mich hin, denn der Tag kam mir lang vor, und das Aufsagen versetzte mich in eine Zeit zurück, in der das Leben einfacher gewesen war, ohne Unfreundlichkeit oder Auseinandersetzungen. Wenn mein Vater neben mir gestanden oder selbst am Ofen gesessen und seine Tabakspfeife gepafft hätte, hätte ich ihm die Sätze vorgesprochen. Aber bei den Ereignissen des Lebens muss man die eigene Anerkennung gewinnen. Es gibt niemanden, dem man etwas vorführen kann, niemanden, der sagt: Gut gemacht.

Fast den ganzen folgenden Tag, einem sonnigen, kalten Donnerstag – ein von Jägern bevorzugtes Wetter –, blieb ich zu Hause und lauschte den von fern herüberhallenden Schüssen, die schon ertönten, als ich gerade erst aufgestanden war, das Feuer anzündete und die erste Kanne Tee machte, und sich in den Nachmittag hinein fortsetzten, als ich mir Bücher zum Lesen holte und die Schüsse inzwischen dünner und schwächer klangen, weil die Jäger weit entfernt waren. Ich blickte hinaus und sah Hobbes' Grab, die letzten Farbtupfer an den verwelkten Stängeln. Es gibt nur wenig Schönes in der Welt, dachte ich, und normalerweise trägt die Welt der Menschen kaum etwas dazu bei. Doch Hobbes hatte mir alles Schöne gebracht.

Die rosa Blütenblätter hingen nackt herab und zitterten in Kälte und Wind. Wie sie sich trotz der kalten Jahreszeit festklammerten, welchen Kampf und welche Kraft das erforderte! Nicht mehr lange, und sie würden braune Flecke an einem Stängel sein.

Bevor ich ins Bett ging, schrieb ich noch eine Weile. Das Feuer war fast heruntergebrannt, und ich musste die Augen zusammenkneifen, obendrein konnte ich mich wirklich nicht besonders gut ausdrücken, doch es war nötig, ein paar Worte zu Papier zu bringen.

19

Es begab sich, dass ich am dritten Tag nach Hobbes' Tod mit einem neuen Plakat neben mir auf dem Sitz nach Fort Kent unterwegs war, ich verließ die Hütte am Spätnachmittag doch noch und fuhr vorsichtig auf der unbefestigten Straße, umkurvte gemächlich dieselben Schlaglöcher, über die ich auf meiner verzweifelten Fahrt mit Hobbes hinweggerumpelt war. Diesmal hatte ich es nicht eilig, und ich gab erst wieder Gas, als auf beiden Seiten keine Bäume mehr standen und der bewölkte Himmel über der Asphaltstraße zur Stadt sich öffnete, aber als ich am Stadtrand um die Kurve bog, kam ich an einen Kontrollpunkt, drosselte das Tempo und hielt. Ein Polizist fragte nach meinem Namen und ob ich unterwegs irgendwo Männer gesehen hätte, denn es würden welche vermisst. Er schien zu wissen, wo ich herkam, denn er erwähnte beiläufig die Gegend, in der ich wohnte, und warf einen prüfenden Blick in den Pick-up, während ich sagte, ich hätte keine Männer gesehen. Er bedankte sich und winkte mich weiter, und als ich richtig in der Stadt war, parkte ich an der üblichen Stelle hinter dem Supermarkt. Ich ging mit dem neuen Plakat zur Vorderseite des Ladens, nagelte es mit einem Hammer an die hölzerne Anschlagtafel und trat einen Schritt zurück, um die Worte zu lesen: »HUND ERSCHOSSEN. 30. Oktober. Belohnung für jeden Hinweis. J. Winsome, Postfach 271.«

Es war besser so, denn irgendwer hatte das erste Plakat gesehen, auch wenn es nur die Person war, die darauf herumgekritzelt hatte. Sonst musste ich vielleicht eines Tages erklären, warum das erste Plakat ungefähr zu der Zeit, als sich gewisse Vorfälle ereigneten, am selben Tag aufgehängt und wieder abgenommen worden war und ob das Abnehmen des Plakats bedeutete, dass ich etwas wusste, was sonst keiner wusste, oder so was Ähnliches, wie Anwälte sich halt ausdrücken, wenn es Ärger gibt. Das Traurige war, dass ich keine Hinweise mehr brauchte, und wenn irgendwer welche hatte, konnte er sie meinetwegen bis ans Ende seiner Tage für sich behalten. Das zweite Plakat konnte verrotten. Mal sehen, wer auftauchen würde.

Als ich Streichhölzer, Milch, Tee, Brot und Butter gekauft und alles im Pick-up verstaut hatte, überquerte ich die Straße und ging das kurze Stück bis zum Café. Mir fiel auf, dass der Wind auffrischte und die vereinzelten Regentropfen sich härter anfühlten, als wären sie mit Schnee beschwert. Deshalb freute ich mich über den Schwall warmer Luft, der mir beim Öffnen der Cafétür entgegenströmte, über das helle Licht und die paar Leute, die über Suppe und heiße Getränke gekauert dasaßen. Es bediente eine andere Kellnerin, doch sie brachte mir dieselbe Kaffeesorte an denselben Tisch und sagte auch dasselbe: Lassen Sie ihn sich schmecken.

An einem anderen Tisch beugten sich zwei Männer in Holzfällerkleidung über ihre Drinks und unterhielten sich über einen der Vermissten.

Er ist vor zwei Tagen zur Jagd gegangen, und es gibt von ihm keine Spur.

Wo ist er denn hingefahren?

Wissen wir nicht genau, seine Frau soll gesagt haben, im Tal nach Westen, etwa bis Allagash, in den Gebirgswald, aber vielleicht ist Jack aus einer Laune raus auch nach Norden abgebogen oder hat die Grenze überquert.

Vielleicht ist er auch am Moosehead Lake, sagte der andere.

Der Erste erwiderte: Der Sheriff befürchtet das Schlimmste, denn es heißt, dass noch zwei Männer aus Frenchville vermisst werden, aber die wollten eine Woche lang weg und sind erst ein oder zwei Tage überfällig. Trotzdem, das ist doch kein Zufall.

Ich hörte den beiden mit gesenktem Blick zu, trank meinen Kaffee aus und legte ein paar Münzen auf den Tisch, tippte zum Abschied an meine Kappe und ging. Drei Männer wurden also vermisst, und einer von ihnen hieß Jack. Klang nach einem anständigen Kerl. Für ein paar Männer, die mit Gewehren im Wald umherstreiften, hatte sich das Ganze sehr schnell herumgesprochen. Sie waren wohl einheimischer gewesen, als ich dachte, Männer aus der Gegend, mit Familien, die sie zu einem bestimmten Zeitpunkt zu Hause erwarteten. Es tat mir leid, von einer Ehefrau zu hören. Aber das war zu erwarten gewesen. Sobald die Zahl der Toten steigt, lässt sich so was nicht vermeiden.

Am anderen Ende der Stadt waren Lichterketten über die Straße gespannt, ein von der Stadtbücherei organisiertes Fest, wo sich Kinder als Vogelscheuchen verkleideten, und das Transparent kündigte einen Tanz und einen Ramschverkauf an, die am Sonntag stattfinden sollten. Im kleinen Stadtpark erleuchtete eine große, ausladende Kiefer den anbrechenden Abend. Gut, dass hier, wo die Dunkelheit so früh hereinbrach, Helligkeit in die Straßen gebracht wurde: Fensterkerzen, Bäume voller Silbersterne und Ähnlichem, die Kinderaugen erfüllt von neuen Stunden des Lichts, die ihnen dieses Fest sogar für die dunklen Wintertage versprach.

Auf dem Rückweg zum Supermarkt sah ich Claire im selben Augenblick auf der anderen Straßenseite, als sie mich entdeckte. Sie hob die Hand, um zu winken, und ich blieb stehen, dann blickte sie in beide Richtungen und überquerte die Straße, und ich wartete im böigen Wind vor dem Schaufenster eines Elektrogeschäfts, während ich innerlich bebte. Ich schlang den langen Mantel fest um mich, damit er nicht mehr im Wind flatterte.

Sieht nach einem Unwetter aus, sagte sie und trat auf den Gehsteig.

Ja, sagte ich. Stimmt.

In den Regalen im Schaufenster standen ungefähr zwanzig Fernseher, und auf jedem war ein anderer Sender eingestellt, aufblitzende Bilder von Körpern, die ich aus dem Augenwinkel sah, Leute, die tanzten, sangen, redeten, die Fernseher schon mit blinkender Festbeleuchtung geschmückt, mit Schildern, auf denen stand, dass es nur noch sieben kurze Wochen bis Weihnachten seien. Obwohl der Ton leise gedreht war, übernahmen die Fernseher das Reden für uns, denn wir standen eine Weile stumm da, während die Leute an uns vorbeigingen. Eine Schneefahne wirbelte durch die Straße und verschwand so schnell wie der Strahl eines Leuchtturms.

Ich wollte Claire nicht anstarren, darum blickte ich sie nur flüchtig an. Ihr Haar sah anders aus, lockiger. Glatt hatte es mir besser gefallen, weil es besser zu ihrem Knochenbau passte.

Nachdem wir eine Weile so dagestanden hatten, sagte sie: Julius, es tut mir so leid.

Was denn?

Alles. Dann küsste sie mich plötzlich und sagte: Nimm dich in Acht.

Wovor denn?

Ich weiß nicht. Ich muss oft an dich denken, so allein da oben. Ist bloß ein Gefühl.

Die nächste Bö war so stark, dass sich die Lichter am Baum schräg stellten, es war ein kälterer Wind, der bestimmt Schnee brachte. Ich dachte über ihre Bemerkung nach. Dann schwiegen wir beide wieder. Ich kann mich nicht gut verabschieden, besonders wenn es für immer ist. Ich weiß nicht, mir war, als würde ein eisiger Wind um sie herumwehen und sie in Stein einschließen, aber vielleicht wehte er auch bloß an ihr vorbei und hatte es auf mich abgesehen.

Wie geht's Hobbes?, fragte sie.

Gut.

Was hatte es für einen Sinn, sie traurig zu machen? Wenn ich meine Trauer teilte, würde sie nicht geringer werden, sondern sich nur vergrößern.

Du weißt, dass ich diesen Hund gern habe.

Ich weiß. Es geht ihm gut.

Ein Mann trat zu uns, er trug eine Polizeiuniform und hakte sich bei ihr ein, ohne mich anzusehen.

Hallo, Schatz.

Er küsste sie und zog sie fest an sich. Bloß um irgendwo hinzuschauen, betrachtete ich etwas über ihrem Kopf, das gar nicht existierte. Lächelnd schmiegte sie den Kopf an seine Schulter. Er küsste ihr Haar, strich darüber. Das Fernsehen hinter mir tanzte, die Apparate diesmal, nicht die Leute auf den Bildschirmen. Sie schrien mir zu, ich solle nach Hause fahren, weg aus dieser Stadt.

Gehen wir, sagte er zu Claire. Es ist schon spät. Denk daran, dass wir heute noch Gäste haben.

Er sah mich immer noch nicht an.

Troy, das ist Julius, sagte sie.

Er wandte mir den Kopf zu und starrte mich an, ausdruckslos, mit verkniffenem Mund und einem Nicken, das nur ein guter Schütze wahrnehmen konnte. Ich streckte die Hand aus, aber er führte Claire bereits weg.

Nach ein paar Schritten hörte ich ihn sagen: Sag bloß nicht, das ist der Kerl.

Scht, machte sie.

Mit *dem* warst du zusammen? Was hast du dir dabei gedacht?

Troy, halt die Klappe, okay? Er hat ein gutes Gehör.

An seinen Lippen und dem Gefuchtel seiner Hände sah ich, dass er beim Überqueren der Straße noch etwas sagte.

Ich ging weiter, es war nicht mehr weit bis zum Supermarkt. Es war Stoßzeit, Leute kamen mit ihren Einkäufen herausgestürmt, schneebestäubte Autos hielten und blinkten die mit Lebensmitteln auf dem Gehsteig Wartenden mit der Lichthupe an. Ich warf einen Blick auf die Anschlagtafel, um mich zu vergewissern, ob das Plakat noch hing. Ja, und nicht nur das, jemand hatte mit dickem Stift etwas draufgeschrieben: »Menschen sind wichtiger als Hunde!!! Gebt den Menschen Weihnachten genug zu essen!!« Ich riss das Plakat ab, und ein Paar trat zur Seite, um mir Platz zu machen, während ich es zerrupfte und die Fetzen in die Manteltasche stopfte. Gut, das war's mit Plakaten. Nichts Geschriebenes mehr.

In der Festbeleuchtung von Fort Kent fuhr ich nach Hause, in die Nacht, wo es kein Licht außer den Sternen gab, aber die ließen sich an diesem Abend nicht blicken, sie wurden von niedrigen Wolken verdeckt, der Sorte Wolken, die in der Dämmerung über den Horizont jagen, zusammen mit den Gerüchen der Erde und der Luft, wobei sie die Luft, kalte Luft, vor sich herschieben.

Während ich durch die Landschaft fuhr, brach die Nacht herein. Als die Scheinwerfer den Weg zur Hütte abkämmten, stellte ich mir vor, Hobbes wie immer herbeilaufen zu sehen, aus der Dunkelheit in den Lichtstrahl, ihn auf der Suche nach etwas Leckerem an den Tüten schnuppern zu sehen, sobald ich sie in die Küche gebracht und auf den Boden gestellt hatte.

Dann beschwor ich auf der Fahrt durch die Dunkelheit meinen Kindheitsfreund Shakespeare herauf und dachte mir einen neuen Satz aus: »Mein Magen war in Wirrnis, als dieser Mann Claire umarmte. Während er sich bemühte, mich nicht zu beachten, lag in seinem Blick Gleisnerei.«

Als Claire mich verlassen hatte, galt meine ganze Liebe dem Hund. Er begrüßte mich immer, wenn ich nach Hause kam. Den Rest des Sommers kam er von seinem Plätzchen im warmen Holzstoß angerannt, von seinen Spaziergängen im Wald, wo er sich vermutlich aufhielt, um allein zu sein, kam angerannt, um mich nach der Landschaftsgärtnerei zu sehen, um mich zu begrüßen, wenn ich glücklich war, um mich zu begrüßen, wenn ich unglücklich war, um mich zu begrüßen, wenn ich besorgt, zerstreut oder nachdenklich war. Wenn meine Hände das Lenkrad umklammerten oder locker darauflagen, während der Pick-up mit Schaufeln und Spitzhacken oder unbeladen den Weg entlangrumpelte, kam er angelaufen, um mich zu begrüßen. Hunde kennen nur Treue und finden darin ihre Bestimmung.

Sie wissen, wenn etwas nicht in Ordnung ist, riechen, wenn man krank ist, riechen die geringe Energie im Blut, legen ihre Schnauze auf die entsprechende Stelle, sei es Niere oder Arm, und bleiben bei einem, bis man wieder gesund ist. Man zeige mir einen Menschen, der so etwas tut. Hunde bellen auf verschiedene Weise und drücken damit Unterschiedliches aus: Man muss auf den Ton und die Länge achten, darauf, wie sie den Kopf legen und was der Schwanz macht. Ihnen stehen keine Wörter zur Verfügung, darum benutzen sie den gesamten Körper, um etwas auszudrücken. Ton, Kopfhaltung, Schwanz und was nicht alles. Sie reden mit dem ganzen Körper. Menschen benutzen ihren Körper, um nicht zu reden, sie halten die Hände vor den Mund, drehen sich zur Seite, hören nicht zu. Sie pflanzen Angst in ihre Hunde. Um einen Menschen beurteilen zu können, muss man sich nur seinen Hund ansehen.

Und während ich mir vorstellte, er käme angelaufen, dachte ich, es wäre ein Wunder geschehen, und der Wald hätte meinen Hobbes, den Terrier, wieder hervorgezaubert, als vorzeitiges Weihnachtsgeschenk für Julius Winsome. Ich würde im Nu ein Feuer anzünden, ihm etwas Leckeres zu fressen geben oder mit ihm nach Fort Kent fahren, bei laufender Heizung und offenem Fenster, damit er den Kopf hinausstrecken konnte und es trotzdem warm hatte. Und das wäre erst der Anfang.

Doch als ich den Pick-up mit auf das Blumenbeet gerichteten Scheinwerfern parkte, sah ich, dass das Grab unberührt war.

20

Donnerstagnacht schneite es.

Der Wind flaute ab, und die Temperatur stieg leicht an, das merkte ich am Zug und dem lautlos wirbelnden Pulverschnee, der sich auf die Felder, den Wald, das Hüttendach und, wie mir schien, über ganz Maine legte. Wären die Bäume nicht gewesen, so wäre der Wind direkt auf die Hütte getroffen.

Es gibt einen Tag, eine Stunde, wo der Winter beginnt, einen Augenblick, wo er mit seinem Wetter zur Tür hereinschlüpft und sagt: Hier bin ich. Wenn der Schnee früh genug fällt, schwebt er in rot gefärbte Wälder hinab und häuft sich auf von blauem Eis gesäumte Seen, aber sein Besuch dauert nicht lange: Der weiße Handabdruck des Nordens verschwindet schon am nächsten sonnigen Tag, wird vom Tuch des Sonnenscheins, dem warmen Herbstatem von den Hügeln und Bäumen in Maine gewischt. Fällt er spät, kommt der Winter mit einem Windsturm, der alle Farben vor sich hertreibt und nur Weiß übrig lässt, während die Seen sich in gefrorene Spucke verwandeln, kahle Bäume sich spalten und auseinanderbrechen und die Wälder sich bis zur flimmernd erleuchteten Haut des Nordlichts erstrecken.

Maine, der weiße Stern, der ab November leuchtet, herrscht über einen kalten Winkel des Himmels. Hier können nur kurze Sätze und lange Gedanken überleben: Wer nicht aus nördlichem Holz geschnitzt und langes Alleinsein gewohnt ist, sollte im Winter nicht hier sein. Die Entfernungen werden riesig, die Zeit wird über den Haufen geworfen. Die Kinder ritzen mit Schlittschuhen ihre Namen in die Teiche, Schlitten ziehen Hunde vor sich her. Die Leute besiegen den Winter, indem sie nächtelang lesen und die Seiten hundertmal schneller umblättern, als ein Tag vergeht, kleine Zahnräder, die während all dieser Monate ein größeres in Bewegung halten. Der Winter ist fünfzig Bücher lang und heftet einen an die Stille wie ein aufgespießtes Insekt. Sätze verwandeln sich in einzelne Wörter, und um zwölf Uhr verschmelzen die beiden Zeiger zu einem. Jeder Blick endet im Schnee. Jeder Schritt versinkt im Norden. So ist die Zeit in Maine, das Weiß der Zeit.

Es ist auch die Zeit, wo sich ein ganzer Tag zum Schlafzimmerfenster hineinzwängt. Dann blieb ich größtenteils im Bett, weil die Decken wärmer waren als die Luft.

Aber erst hatte ich noch etwas zu erledigen. Ich lief zum Holzstoß, holte einige Scheite ins Haus, bevor sie feucht wurden, und deckte den Rest mit einer grünen, einmal gefalteten Plane ab. Nachdem ich gebratenen Fisch mit Kartoffeln gegessen hatte, ging ich noch mal mit der Taschenlampe zu den Blumenbeeten hinaus und verabschiedete mich von den letzten Rosa- und Rottönen, denn am nächsten Morgen würden sie mit Weiß überzogen und bald darauf zugedeckt sein. Hoffentlich würde der Schnee des langen Winters, der gerade begonnen hatte, meinen Freund warm halten. Ich bückte mich und schob die Finger in den Schnee auf seinem Grab.

Dann stellte ich mich auf die langsam weiß werdende Lichtung und blickte in die Nachtscherben zwischen den Flocken hinauf.

Winter.

ZWEITER TEIL

Nacht des 2. November

21

In jener Nacht war mir, als würde der Wind einfach durchs Haus und die Decken pfeifen, als könnte nichts die Kälte von meinem Körper fernhalten. Ich lag im Bett und wartete darauf, dass mich ein bisschen Wärme durchströmte und ich schlafen konnte. Ich hörte Geräusche, das war bestimmt das Knistern der Kälte im Holz der Hütte. Oder war das etwa Hobbes, der an der Tür kratzte? War er zum Leben erwacht und hatte sich aus dem Blumenbeet gebuddelt? Ich hatte in Geschichtsbüchern von Menschen gelesen, die im Sarg aufgewacht waren und unter deren Fingernägeln man Holzsplitter gefunden hatte. Vielleicht schlichen aber auch Männer im Dunkeln herum. Doch das war egal: Bevor ich mich hingelegt hatte, hatte ich die Enfield ins Schlafzimmer geholt und an die Wand gelehnt.

Ich setzte mich auf, schlug die Decke zurück und ging im Mantel, das Gewehr locker in einer Hand, auf die Tür zu, und als ich sie öffnete, flogen

Messer auf mein Gesicht, meine Hände, meine Füße zu, die blitzschnellen, eisigen Klingen des Windes. Vergeblich beschirmte ich meine Augen: kein Hund zu sehen, kein Kopf und keine Pfoten, die Einlass begehrten. Sicherheitshalber wartete ich noch und stand eine Weile da, bevor ich wieder ins Haus ging und mir die Wollsocken und einen Pullover anzog. Der Wind hatte mich wohl infiziert, so heftig zitterte ich. Am Bett zog ich mich vollständig an. Einschlafen und wehrlos und still daliegen, während der Wald in Bewegung war, das durfte nicht sein. Besser bedeckt, ging ich noch mal los, diesmal ganz nach draußen, zum Grab.

Als ich mich hinabbeugte, deutete nichts darauf hin, dass Hobbes sich befreit hatte. Ich fand nicht die geringste Spur, auch nicht die schwachen Abdrücke eines laufenden Hundes. Dann rührte das Heulen und Kratzen an der Tür also doch nur von der Kälte her. In den Mantel gehüllt, stand ich am Waldrand und blickte zur Hütte zurück: Das schwache Licht im kalten Schlafzimmer, das ich gerade verlassen hatte, schimmerte durch die Ritzen des Seitenfensters, ansonsten war alles schwarz, nur durch ein paar Zentimeter Holz und eine Reihe Bücher vor den Elementen geschützt.

Ich wartete auf nichts. Und es kam auch nichts. Eine kalte Eisschicht stahl sich in mein Herz. Ich spürte, wie sie sich ausbreitete, die Herzklappen erstarren ließ und den Wind abschwächte, der in meinem Körper wehte, hörte, wie sie sich auf meine Knochen legte und Stille in die spröden Zwischenräume blies, in alles, was zerbrochen war. In diesem Augenblick empfand mein Herz den Frieden der Kälte. Ich ließ meinen Freund los, und die Nachtwache war vorbei, nur sein Geist würde wiederkehren.

22

Wenn die Geräusche nicht aus dem Grab kamen, lag das Unbehagen woanders, aber ich konnte nicht so lange hier draußen bleiben und Wache stehen. Der Argwohn, der mich vor die Tür gelockt hatte, war vielleicht das Einzige, was in dieser Nacht als Grab bezeichnet werden konnte: das, was in meinem Hinterkopf geblieben war, eine rastlose Sorge.

Ich wollte Claire nicht verdächtigen, und das tat ich auch nicht, bis mir unser Gespräch auf der Straße einfiel, wo sie anscheinend gespürt hatte, dass es mit mir nicht zum Besten stand. Wie konnte sie das wissen? Hatte sie etwas mit der Sache zu tun? Vielleicht gehörte sie inzwischen mit Haut und Haar diesem anderen Mann und hatte beschlossen, alles aus jenem Sommer zu tilgen, was mit mir verknüpft war, und das Einzige, was noch blieb, war Hobbes gewesen.

Was für ein Gedanke, dass Claire mit einem Gewehr auf Waldwegen in die Nähe meiner Hütte gekommen sein sollte, um das Leben des Hundes zu beenden, den sie zusammen mit mir gerettet hatte. Es lag mir fern, ihr oder irgendeiner Frau etwas anzutun – so etwas hätte mein Vater niemals geduldet –, doch die Gedanken wollten mir nicht aus dem Kopf gehen. Hatte sie Hobbes umgebracht?

Trotz der grimmigen Kälte blieb ich draußen, schlang den Mantel fester um mich und stellte mich in den Schutz eines Baumstamms.

23

Auf der Suche nach Beweisen musste ich jede bereits bekannte Einzelheit überprüfen und alles, was ich gesehen hatte, noch einmal durchgehen. Und allmählich begriff ich, was mir keine Ruhe ließ: Es gab Anzeichen dafür, dass sie mich mit Hilfe anderer Leute getäuscht hatte, um den Hund in mein Leben zu bringen und ihn mir dann zu nehmen. Ich beschloss allerdings, gründlich nachzudenken, bevor ich irgendwas unternahm.

Das erste Indiz ihrer Schuld war die Art, wie sie an jenem Frühsommertag an der Hütte aufgetaucht war. Sie ging an den Blumen vorbei, die das Gras unter dem weiten, flachen eisblauen Himmel von Maine blau und gelb sprenkelten. Ich saß in der Küche und las, und auf der Suche nach den letzten Düften und Schatten des Frühlings wehte der Wind von Süden durchs offene Fenster in alle Räume, und der noch frische Sommer streifte meine Haut mit einem warmen Flüstern, seinem ersten Wort. Als ich Claire hörte, erhob ich mich von meinem Stuhl: Mein Gesicht war in ein Buch vergraben gewesen, doch jetzt füllte es das Fenster aus, und ich blickte hinaus.

Ein paar Hühner liefen im Sonnenschein hintereinander her, rannten im Duft brennenden Kiefernholzes am Pick-up vorbei. Als ich auf die Veranda trat, glitt Rauch vom Schornstein herab.

Claire sagte: Ich war in der Gegend. Ich weiß nicht, anscheinend habe ich mich verlaufen.

Damals fand ich das überhaupt nicht ungewöhnlich, es kam mir genau so vor, als hätte sie drüben in der Stadt bloß mitten auf der Straße auf ihre Armbanduhr geschaut und mir gesagt, wie spät es war.

Wenn das so ist, sagte ich, warum kommen Sie dann nicht rein und trinken eine Tasse Tee?

Für sie musste es ausgesehen haben, als bestünden die Wände aus Büchern, aus dem Leder, das sich vor ihren Augen erstreckte. Ich ging hinter ihr zum Spülbecken und beobachtete, wie sich das Haus um sie fügte, während sie im Türrahmen stand, der das große erste Zimmer vom zweiten trennte. Sie warf einen Blick auf den Eichenfußboden und den Holzofen und betrachtete den Brunnen vor dem kleinen Seitenfenster: Ein Vogel hüpfte durchs Wasser. Sie flüsterte, auf den Gemälden seien kaum Menschen zu sehen. Eins der Bilder, die mein Vater und mein Großvater über den Bücherregalen aufgehängt hatten, stellte eine braune Landschaft mit kahlen Bäumen dar, die anderen zeigten Meeresküsten, Gärten, Heuhaufen.

Ich legte eine Schallplatte mit Klaviermusik auf. Ich hätte meine Frage zu diesem unerwarteten Besuch sofort stellen sollen. Es ging ein kurzer Regenschauer nieder, draußen tropften die Blumen, und aus dem Schlafzimmer tropften die Töne, ein Stück von Satie aus der Zeit meines Vaters. Ich goss kochendes Wasser auf die Teebeutel und reichte Claire einen Becher mit einem Löffel darin.

Sie haben sich kaum verändert, sagte sie.

Ich erwiderte: Ich glaube nicht, dass wir uns kennen.

Nein, aber meine Schwester kennt Sie. Sie war in der Schule ein paar Klassen unter Ihnen. Sie hat Sie mir beschrieben.

Das waren ihre Worte, auch wenn sie nicht viel Sinn ergaben. Als der Schauer vorbei war, schien die Sonne durchs nasse Fenster und wärmte die roten Dächer auf einem der Gemälde. Ich überlegte, warum sie sich hier und nicht woanders verlaufen hatte, wollte sie aber nicht fragen, da man sich gewöhnlich aussucht, in welcher Gegend man sich verläuft, und sie bestimmt ihre Gründe gehabt hatte. Außerdem hatte ich Zeit, ich musste an dem Tag bloß noch in die Stadt fahren, um Möhren, Fisch und Brot zu besorgen.

War es unhöflich von mir, einfach so aufzutauchen?, fragte sie.

Ich fragte, wie man sonst noch auftauchen könne.

Sie sagte, ihr Auto stehe im Wald, einen Kilometer entfernt, wo die Straße noch breit genug sei: Sie habe einen langen Spaziergang machen wollen und sei immer weitergegangen. Jetzt müsse sie aber nach Hause. Anscheinend war das ihre erste Aufgabe: die Hütte zu finden, zu sehen, wie viele Leute dort wohnten, nicht allzu viel Zählerei, wie sich herausstellte.

Ich sagte, ich würde sie zurückbegleiten, denn nach Einbruch der Dunkelheit sei der Wald keine Gegend zum Spazierengehen, nicht mal im Sommer. Ab und zu kämen aus Kanada größere Tiere über den Fluss, denen eine überraschende Begegnung vielleicht nicht gefallen würde. Schweigend gingen wir unter dem Laubdach der Bäume entlang und folgten einer braunen Linie, die sich ins Unterholz schlängelte. Der Weg war so schmal, dass ich begriff, warum sie das letzte Stück nicht gefahren war: Die Zweige berührten sich über den Pfad hinweg. Im Pick-up musste man bloß einen

Kilometer weit rücksichtslos weiterfahren. Wahrscheinlich war es klug von ihr, den Wagen an einer Stelle stehen zu lassen, wo er nicht zu sehen war.

Sie wusste nicht, wo sie wenden sollte, darum bot ich ihr an, das Auto aus dem Wald herauszufahren. Ich saß übers Lenkrad gekrümmt, denn es war ein Kleinwagen, in dem mein Kopf an die Decke stieß. Sie lachte. Ich muss zugeben, es war wirklich witzig, man steigt ein, dreht den Schlüssel und stößt mit dem Kopf an die Decke, als würde nicht der Wagen gestartet, sondern man selbst.

Zur Straße nach St. John, sagte sie und deutete nach hinten, wies mich nach links und rechts, die Strecke, die sie gekommen war, obwohl ich einen kürzeren Weg kannte. Ihre innere Karte war nicht die einer Einheimischen. Anhand der Strecke, die sie wählte, schätzte ich, dass sie von Fort Kent dreißig Kilometer zurückgelegt hatte, obwohl wir nur zwanzig Kilometer von dort entfernt waren, wenn man den Weg der Krähen nahm. Gerade flogen sie schwarz und krächzend über den Bäumen.

Als wir uns dem Waldrand näherten, schaltete ich die Scheinwerfer ein, hielt an, verabschiedete mich und stand im letzten Sonnenlicht vor der Wand aus Grün, und das Rauschen der Blätter im Wind klang wie die Brandung des Meeres.

Claire sagte: Ich kann Sie nicht den ganzen Weg laufen lassen. Es ist bald stockdunkel.

Das hab ich schon oft gemacht, erwiderte ich, um sie zu beruhigen. In jenen Nächten hatte ich mich tatsächlich schon mit einem Getränk zum Aufwärmen und ein paar guten Zigaretten in den kalten schwarzen Sommerwald hinausgewagt.

Ich muss jedenfalls in der Stadt noch ein paar Besorgungen machen, sagte ich.

Ich bringe Sie hin.

Ich zögerte bei dem Angebot, mit einer Fremden in die Stadt zu fahren, deren Schwester behauptete, sich an mich zu erinnern. Das bot nicht viel Gesprächsstoff, und die Zeit konnte lang werden.

Ich heiße übrigens Claire, sagte sie.

Das Gute an einem Namen ist, dass er etwas Vertrautes hat, einen Klang, der etwas bedeutet, wenn man ihn hört, schon beim ersten Mal. Und das Gute an einem Mantel, den man ständig trägt, ist, dass man alles, was man braucht, dabeihat. Wir tauschten die Plätze, und sie verließ auf der Kiesstraße die Hügel, und als wir in St. John an die Kreuzung kamen, bog sie rechts ab und fuhr an den langgestreckten Feldern, ein paar Häusern und einer Kirche vorbei.

Sie sagte: Ich wusste, dass Sie irgendwo hier draußen hinter den Hügeln wohnen.

Auf der kurvigen Straße nach Fort Kent kamen wir also auf den Grund ihres Besuchs zu sprechen. Am anderen Flussufer, in New Brunswick, wirbelte ein roter Traktor auf einem Kartoffelacker Staub auf. Die Leute im südlichen New Brunswick waren ebenfalls Franzosen, und am Flussufer gegenüber von Saint Francis streckte sich der weiße Kirchturm von Saint François in den Himmel. Im Wald zu meiner Rechten lagen die Siedlungen, in denen sich Jäger Blockhütten mieteten und ein paar Familien wohnten. Ich begegnete diesen Leuten nie, aber sie wussten, dass ich in der Gegend wohnte, und umgekehrt. Mehr Nähe brauchte hier keiner.

Kurz vor Fort Kent drosselte sie wegen eines geparkten Streifenwagens die Geschwindigkeit und sprach davon, wie abgekapselt wir hier oben alle seien, sogar in der Stadt, wie wichtig und wohltuend ihre Familie für sie sei. Ich nickte und setzte mich anders hin. Als ich vor dem Supermarkt aussteigen wollte, sagte sie plötzlich, bis vor kurzem sei sie mit jemandem zusammen gewesen, aber im Augenblick nicht, denn sie brauche Zeit zum Nachdenken.

Ich sagte nichts, denn sie hatte mir keine Frage gestellt, aber ich hätte darauf achten sollen, wie sie eine lange Geschichte in einer kurzen Fahrt unterzubringen versuchte, dass sie so etwas völlig bedenkenlos einem Fremden mitteilte. Als sie mich mit den Lebensmitteln zu der Stelle zurückbrachte, wo sich der Weg verengte, berührte die Sonne den Horizont, und der Wald schloss sich um uns wie ein Reißverschluss.

Wenn Sie Lust haben, können Sie gern wiederkommen, sagte ich und sah sie kurz an. So war ich damals, ich sagte, was ein einsamer Mensch so sagt.

Vielleicht, sagte sie. Vielleicht komme ich.

Ich ging mit der braunen Tüte in den Wald und orientierte mich an den Sternen und aus der Erinnerung, bis ich ungefähr eine Stunde später sah, wie der schwarze Schemen der Scheune einige dieser Sterne verdeckte, und da wusste ich, dass ich zu Hause war.

Ich weiß noch, wie ich auf dem Heimweg dachte, dass ein Verlust sie zu mir geführt hatte, diese unerwartet aus dem Wald auftauchende Frau, jemand, von dem sie sich verabschiedet hatte. Es ergab einen Sinn, dass etwas, das einem fehlt, einen von der Gegenwart befreien kann und man sich plötzlich fragt, was es im Leben sonst noch zu entdecken gibt. Ich bewunderte sie dafür, aber die Gegenwart ist so beharrlich wie Unkraut: Sie kehrt Tag für Tag mit demselben Geruch und derselben Gestalt zurück, und dennoch erwartet man etwas Neues. Ob sie dieses Neue bei mir erwartete?

Jetzt konnte ich natürlich den Samen erkennen, den sie gesät hatte: Nach einer kurzen Bemerkung über meine Schulzeit erwähnte sie einen Mann, den sie verlassen hatte, denn sie wusste, dass unser Gedächtnis nichts vergisst, schon gar nicht, wenn es ungesagt bleibt, und dass sie auf das Thema Schule später zurückkommen konnte, wenn es durch die erste Bemerkung bereits eingeführt war und sinnvoller wirkte.

Stück für Stück kam ich hinter ihren Betrug. Ich hüllte das Gewehr in meinen Mantel, um es warm zu halten.

24

Ein anderes Mal sagte sie, sie müsse ständig daran denken, dass ich allein aß, wie still es dann wohl im Haus war und wie sehr die dunklen Nächte mir zusetzen mussten. Ja, im Winter konnte das bedrückend sein, aber wir hatten Sommer, und ich dachte, in der dunklen Jahreszeit könnte für mich alles anders aussehen. Dann sagte sie, ich solle mir einen Hund besorgen. Ich saß auf meinem Stuhl und blickte eine Weile aus dem Fenster.

Ich sagte: Ich lebe jetzt zwanzig Jahre allein, wahrscheinlich ist es Zeit, dass jemand anders bei mir wohnt.

Wenn du so redest, muss ich lachen, sagte sie.

Ohne sie hätte ich das Ganze nicht in Angriff genommen: Noch in derselben Stunde fuhren wir mit dem Pick-up zum Tierheim in Fort Kent, und ich fragte mich, ob es ihr etwas ausmachte, dass jemand sie mit mir sah. Es war ihr egal. Das Tierheim lag am Stadtrand, und es war früh am Morgen. Wir gingen an den Käfigen entlang. Die

Gesichter der Hunde machten es einem schwer vorbeizugehen. Schließlich kamen wir zu einem Käfig, in dem ein kleiner brauner Terrier schlief, und als mein Schatten auf seine Augen fiel, blinzelte er. Dann richtete er sich auf.

Das ist eine gefährliche Rasse, sagte Claire.

Nein, sagte ich, größtenteils Terrier, sieh dir den Körper an. Und noch jung.

Er hatte so viel Energie und so wenig Zeit. Ich stimmte den Fürsorgebedingungen zu, holte eine Leine aus der Tasche, die von einem Hund meines Vaters stammte, wie ich ihr erzählte, und auch wenn sich der kleine Bursche erst duckte und ich ihn ziehen musste, lief er schon bald vorweg, als wollte er sagen: Ich hab auf dich gewartet, gehen wir.

Tut mir leid, dass ich den Vorschlag gemacht habe, sagte Claire. Wenn ich jetzt vorbeikomme, hab ich's immer mit einem Pitbull zu tun.

Auf der Rückfahrt saß er zwischen uns auf der Sitzbank. Hunde kennen ihr Schicksal genau, und als er auf den kurvenreichen Straßen so zwischen uns saß – während ich die Gelegenheit nutzte, bei offenem Fenster eine Zigarette zu rauchen –, wusste der Kleine, dass sich sein Leben gerade verändert hatte, und sog mit dem Blick alles gierig in sich auf. Als ich am Postamt meine Briefe abgeholt hatte, hatte ich sie auf den Sitz geworfen. Jetzt schwappte der Stapel hin und her wie Wasser, und der Hund hüpfte drum herum. Ich sagte ihm, ich würde den Briefen auch aus dem Weg gehen. Wir nannten ihn Hobbes.

Wie rasch ihr Plan von Erfolg gekrönt war.

Hunde gehen im Leben nur eine einzige Bindung ein, und Hobbes zeigte mir seine Zuneigung auf eine Art, die einem leicht entgeht: Gleich nach dem Fressen kam er zu mir und schmiegte die Nase an mein Bein, als wollte er sagen, er habe alles aufgefressen. Ich taugte nicht zum Vater, vielleicht war der kleine Kerl, um den ich mich kümmern musste, ohne dass er mir etwas anderes als seine Gesellschaft bieten konnte, deshalb das Beste für mich.

Was meine Schulzeit betrifft, so tat ich damals nicht viel mehr, als im Unterricht zu sitzen und wieder nach Hause zu gehen, aber an eins erinnere ich mich: Im letzten Schuljahr sah ich eines Tages ein paar Jungen, die sich in der Mittagspause unter einem Baum drängten. Sie hatten einen Stock und stocherten damit im Laub herum. Als ich näher heranging, sah ich, dass auf einem Zweig eine Katze saß. Inzwischen warfen sie Steine nach ihr: Einer traf sie am Kopf, und ihr rann Blut aus dem Ohr und dem Maul. Die Katze versuchte, mit dem

Stock zu spielen, damit die Jungen sie mochten und nicht mehr quälten, zumindest kam es mir so vor, was auch immer ihr durch den Kopf gegangen sein mag. Dann rollte sie sich vor Angst zu einer Kugel zusammen und ließ sich fallen, und die Jungen stürzten sich auf sie und traten nach ihr. Ich rannte hin und trieb sie mit Schlägen auseinander. Das Ganze war so schnell vorbei, wie es begonnen hatte, aber hätten sie sich zusammengeschlossen, hätten sie mit mir genauso gut kurzen Prozess machen können. Einer der Jungen blutete am Mund, ein anderer hielt sich das Knie und sagte, dass mir das noch leidtun werde, dass er einen richtigen Vater und eine richtige Mutter habe.

Der Rektor war bestürzt, dass in einer Schule mit so vielen Fenstern niemand etwas bemerkt hatte. Wahrscheinlich war das die Situation, von der ihre Schwester erzählt hatte. Vielleicht hatten sich die Jungen, die inzwischen zu Männern geworden waren, so viele Jahre nach dem Vorfall verbündet, um an einem abgelegenen Ort, der für so etwas sehr gut geeignet war, eine alte Rechnung zu begleichen.

Ich glaube schon lange, dass das Grab unser Ende ist, denn wenn ich das nicht glauben würde, hätte ich den Tod von Hobbes vielleicht hingenommen und ihm in einer größeren Geschichte

Bedeutung verliehen. Doch er war ein Stein, noch regloser als ein Stein, denn sogar ein Stein bewegt sich irgendwann, angestoßen von einem Stiefel, weggerollt vom Wetter oder einem Reifen, während Hobbes zehn Meter von der Hütte entfernt in der Erde lag, nichts hörte, nichts sah, nichts schmeckte, nichts in sich trug. Diese zehn Meter hätten genauso gut das Universum sein können, das hätte weder für mich noch für ihn etwas geändert. Offenbar musste er wegen eines alten Grolls sterben, wegen einer über die Jahre unvergessenen Kränkung.

Das würde ich nicht hinnehmen.

25

Falls Claire den Plan hatte, mich zu vernichten, führte sie ihn langsam und sorgfältig aus.

Einmal kam ich erst spät aus der Autowerkstatt nach Hause und sah im Bad neben der Küche flackerndes Kerzenlicht: Anscheinend hatte sie sich in der alten Wanne ein Bad eingelassen. Im Bad standen auch Töpfe mit Gummibäumen und großen Gänseblümchen auf beigen Fliesen. Kurz darauf hörte ich, wie eine Stimme Gedichte las und dann meinen Namen rief, das Wasser sei zu kalt, und mit Hilfe eines Handtuchs brachte ich ihr einen Topf heißes Wasser. Sie las einen französischen Dichter, ich erkannte die Verse wieder, mühelos traf sie den Rhythmus, denn die Französin in ihr kannte die Sprachmelodie.

Ich hörte ihre Stimme fragen: Warum gießt du das heiße Wasser nicht in die Wanne?

Es war eine körperlose Stimme, die durch den Dampf schwebte. Als ich einen Schritt vortrat, tauchte das Buch in ihrer Hand aus dem Dunst auf.

Wenn du willst, kannst du auch in die Wanne kommen, sagte sie.

Ich stand im Raum, und sie bat mich, die Seiten für sie umzublättern, ein alter Band, mit Gedichten auf einer Seite und über das ganze Buch verstreuten, feinen orangen Zeichnungen. Ich kniete mich hin und las im Kerzenschein verschiedene Gedichte, während sie im Schaum lag. Dieser Dichter ist im Ersten Weltkrieg gefallen, sagte ich, in dem Buch gab es viele, die dort gestorben waren, manche bekannt, manche nicht, die Texte aus Kartons und Briefumschlägen zusammengetragen, von einsamen Ehefrauen und bekümmerten Brüdern. Stumm saß Claire im heißen Wasser, umgeben von Pflanzen und Seifenduft, und lauschte den Stimmen aus der Vergangenheit.

Ich legte die Hand auf den Wannenrand und fragte mich, ob sie das Englische in meinem Gesicht genauso erkannte wie ich das Französische in ihrem und ob solche Unterschiede eine Rolle spielten. Ich dachte, wenn sie mich berührte, würde ich verschwinden wie diese toten Männer, die solche Unterschiede mit in die Hölle genommen hatten.

Sie sagte, sie sei müde, und fragte, ob sie noch eine Weile bleiben könne.

Mein Schlafzimmer war klein und weiß, die Bettdecke orangegelb. Die Matratze ragte über den Rand des hölzernen Bettrahmens, der dicht über dem Boden lag, und hatte an der Stelle, wo ich jede Nacht lag, eine Kuhle. Sie sagte, man könne sehen, dass ich schon eine Weile keinen Besuch gehabt hätte, und vielleicht fragte sie sich, ob außer mir überhaupt jemand in dem Bett geschlafen hatte. Die Laken waren sauber und dufteten nach Lavendelseife. Ich hatte Kisten an der Wand aufgestapelt und auf einem Stück Teppich auf einen Dreierstapel ein Grammophon gestellt, das sich die Steckdose mit der kleinen, auf einer weiteren Kiste stehenden Lampe neben dem Bett teilte. Das war von Anfang an mein Schlafzimmer gewesen. Mein Vater hatte im gegenüberliegenden Zimmer geschlafen, das jetzt voller Regale und Bücher war. Wir lagen zusammen da, und sie streifte das Handtuch ab und zog mir das Hemd aus.

In jener Nacht und ein paar noch bevorstehenden Sommernächten wärmten wir uns gegenseitig unter der Decke, aber in den frühen Morgenstunden stand sie auf und ging zum Ofen und dem Stuhl mit dem roten Kissen. Ich glaubte, sie weinen zu hören, aber vielleicht war es auch nur die Nacht. Ich weiß, was sie zu dem Stuhl zog: Wenn man dort saß, wollte man nachdenken, wollte man lesen im Duft des Pfeifenrauchs, der von keinem bestimmten Gegenstand auszugehen schien; auch wenn ich das Kissen ans Gesicht hielt, beschwor der Pfeifenduft nur meinen Vater herauf.

Falls Claire den Plan hatte, mich zu vernichten, hielt sie sich nicht daran. Am folgenden Abend fasste sie meine Hände und legte ein schmales Buch hinein, das ich noch nie gesehen hatte, Gedichte von John Donne. Auf das Titelblatt hatte sie ein paar Zeilen geschrieben.

All die Stille wogt um dich, Julius, wie das lange Gras.
Du gibst mir das Gefühl, eine Dichterin zu sein.

Ich war überrascht, solch schöne Worte über mich zu sehen, und wusste nicht, was ich sagen sollte. Sie streichelte meine Hände, beugte sich dichter zu mir und flüsterte leise im Feuerschein: Du sagst nie, was du empfindest, aber überall in dir spüre ich Zuneigung. Vielleicht ist das alles, was zählt, meinst du nicht auch?

Wenn sich Einsamkeit messen ließ, dann vermutlich anhand des Glücks, das ich bei ihrem Anblick empfand, obwohl ich ohnehin glücklich war. Jetzt war ich mehr als glücklich, ich hatte kein Wort dafür, in meinem Leben urplötzlich so viel Gesellschaft zu haben. Claire kam mir vor wie die ersten Regentropfen, bei deren Anblick man mit dem Mantel über dem Kopf unschlüssig auf der Türschwelle steht und sich fragt, ob es bloß eine kleine Wolke oder ein Dauerregen ist. Auf ihre Frage nickte ich bloß, denn ich wusste nicht, was ich sagen sollte. Etwas geschenkt zu bekommen war neu für mich, und ich fand nicht die richtigen Worte, um meinen Dank auszudrücken. Ihre Hände lösten sich.

Mit Claire neben mir im Bett hörte ich in jener Nacht einen Fuchs und jede Menge Kojoten, die rudelweise im Wald heulten, und dichter am Haus flogen die Perlhühner in den Bäumen auf und hockten sich nebeneinander. Die Vögel gackerten in ihrer jähen Angst vor einem Tier, das unter ihnen durchs Unterholz schlich, manchmal ein qualvoller, ängstlicher Schrei, und etwas sprang in die Nacht davon. Die Wände knisterten und knarrten, hauptsächlich weil sich das Holz in den kühleren Temperaturen zusammenzog, aber da waren auch andere Geräusche, irgendwas, das sich bewegte, oder Hobbes, ich wusste es nicht genau.

Als ich am Morgen erwachte, war seine Schnauze an mein Gesicht geschmiegt; Claire war wohl schon früh in die Stadt gefahren.

Liebe oder zärtliche, liebevolle Worte, ja, beides hatte sie mir zuteilwerden lassen, und inzwischen glaube ich, ich hätte ihr irgendwie antworten sollen: Auch wenn ich nicht gewohnt war, dass ein Gefühl mehr oder weniger bedeutete, wenn man es beim Namen nannte, hätte ich ihr wenigstens sagen müssen, dass ich dankbar war für ihre Gesellschaft, dass sie mir fehlte, wenn sie nicht kam, und dass es mit uns gutgehen würde, falls das Liebe war. Claire sagte nie wieder irgendwas, um herauszufinden, was ich erwidern oder tun würde. Manchmal kommt man sich so nah, dass man herausfindet, wie fremd man sich ist, das hätte ich wissen müssen.

Nach jener Nacht wurden ihre Besuche seltener, und sie blieb immer kürzer. Die Abwesenheit eines Menschen beginnt wie eine neue Jahreszeit, zunächst nur Stück für Stück: Man sieht die Abwesenheit, lange bevor sie da ist. Bei Claire begann es mit langen Blicken und Schweigen und war erst richtig greifbar, als sie nicht mehr kam.

26

An jenem Tag pflückten wir rings um die abschüssigen Wildblumenwiesen am Eagle Lake Brombeeren – ein richtiger Ausflug mit Hobbes im Pick-up. Sollte es irgendwann auf der Welt nur noch ein einziges Feld geben, dann ist es bestimmt in Maine zu finden, ein heugrüner Hang an einem blauen See, den ich seit meiner Kindheit kannte: Ich lief hinunter und warf einen Weißdornstock, den mein Großvater aus England mitgebracht hatte, aber Hobbes schwamm nicht hinterher. Wir beobachteten, wie er davontrieb.

Das wär's dann also, sagte ich.

Claire legte sich ins Gras und zeichnete Hobbes mit Bleistift und Kohle. Ich trank eine Flasche Bier, spürte die Sonne angenehm auf meinem Gesicht, spürte, dass ich glücklich war. Das war's, sagte Claire bald und reichte mir die Zeichnung. Schon der erste Blick sagte mir, dass sie den wahren Hund und sein Wesen gut getroffen hatte, dass ihm das Bild aufs Haar glich. Ich legte das Blatt wortlos ins Gras und steckte es später sicherheitshalber hinter den Sitz.

Am Nachmittag fuhren wir zum westlichen Talende, bis die Straße in die Wildnis um Allagash mündete. Ich parkte an einem kleinen Laden neben der Brücke, hinter der auf einem großen Feld fünfzehn bis zwanzig verrostete Autos und Busse standen – manche aus den vierziger und fünfziger Jahren –, aus deren halb offenen Motorhauben Grasbüschel hervorschauten. Ich ließ Hobbes im Pick-up, und wir gingen, bis ich mich umdrehte und sah, dass er wie ein lautlos bellender Wasserfall an der Scheibe klebte. Er hatte etwas bemerkt, das wir noch nicht sahen, etwas, das uns in diesem Moment beobachtete. Als wir die Veranda betreten wollten, sprangen zwei weiße Wölfe aus einem der Busfenster und trotteten auf uns zu, Wölfe, die Geschöpfe, die dem Menschen am fernsten stehen, die durch keinen Zaun und keine Hand zu zähmen sind.

Sie fielen mühelos in Trab, und die kristallblauen Augen wurden immer größer, während sie näher kamen, ein Jungtier und ein altes. Ich sagte zu Claire, es seien Haustiere, sie solle sich keine Sorgen machen, aber ich war mir meiner Sache nicht sicher. Doch plötzlich liefen sie langsamer und wedelten mit den Schwänzen. Als sie bei uns ankamen, schien Claire sich zu fürchten, obwohl die beiden sie nicht beachteten und nichts taten, was darauf hindeutete, dass sie sie überhaupt bemerkt hatten. Claire zog sich zum Pick-up zurück. Einer, eine Mischung aus Husky und Wolf, ein Tier, das sich vor nichts fürchtete, hielt einen Stock im Maul. Sie legten sich auf zwei Autositze, die jemand aus einem Pick-up gerissen und, der Straße zugekehrt, nebeneinander auf die Veranda gestellt hatte. Ich kraulte ihnen die Ohren und ging in den Laden. Aus dem Nebenzimmer kam ein Mann, der sich auf eine Krücke stützte und das Hemd eines Kriegsveteranen trug, und als er erfuhr, was ich wollte, machte er mir freundlicherweise eine Tasse Kaffee, und dann unterhielten wir uns eine Weile im Schatten.

Während ich an dem frischen Kaffee nippte, beobachtete ich durch die Tür, wie Claire geistesabwesend die schlafenden Wölfe anstarrte, und ich beschloss, die Karte zu behalten, die ich von dem Mann gekauft hatte und ihr eigentlich in die Hand drücken wollte, um die Sorge zu lindern, die ich in ihr spürte, eine Ansichtskarte mit einem Läusekraut, das ausschließlich an den Ufern des Saint John River wächst. Obendrüber hatte ich mit dem Füller zwei Buchstaben geschrieben:

Du.

Nach diesem Tag kam sie nicht mehr wieder.

In den folgenden Monaten fuhr ich oft durch Fort Kent und sah, wie sich Rauch aus den Schornsteinen schlängelte, der aussah wie am Himmel befestigte Seile, an denen die Häuser hingen, und ich betrachtete das bernsteingelbe Licht in den Fenstern und stellte mir vor, was in den Häusern vor sich ging, wie die warmen Pullover aus dem Schrank geholt und ausgeschüttelt wurden, wie der Glühwein in Gläser gegossen wurde, während die Sonne die Bäume golden färbte, stellte mir die Gespräche vor – wie es war, bis zum Ende des Jahres weiterzumachen, mit einem anderen Menschen zusammen zu sein. Es dauerte lange, bis ich begriff, dass das Leben, das ich führte, für sie nichts gewesen wäre.

27

Die Beweisführung war vorbei, und der Einzige, den ich für schuldig befinden konnte, war ich selbst: schuldig, Claire verdächtigt zu haben. Und jetzt stand ich in der ersten Novembernacht dieses Jahres zu später Stunde in einem Kreis aus Bäumen und hielt meine mitternächtliche Gerichtsverhandlung ab. Immer mehr Gänse flogen nach Süden, lange Linien, die im Dunkeln tief über die Bäume strichen, sie mit ihren Schreien streiften, die Wolken mit ihrem Gespür verspotteten, und noch lauter, als sie direkt über mir waren, den Pfeil von der Spitze weit auffächerten und den Nachthimmel durchzogen wie Glasscherben. Ich hätte mitfliegen sollen. Diese Kälte.

Es war mir so klar wie die Richtung, in die diese Gänse flogen, dass Claire den Hund nicht erschossen haben konnte. Sie mochte sorglos mit den Herzen der Männer umgehen, aber sie war bestimmt nicht grausam. Ich hätte geradewegs ins Bett gehen, die Lampe der Erinnerung ausschalten und an nichts denken sollen. Vielleicht wollte ich sie noch einmal in meiner Nähe haben, noch einmal dasselbe empfinden wie damals.

Wenn der Schuldige aus jener Zeit stammte, musste da noch jemand anders sein, vielleicht der Mann, den sie verlassen hatte, ein schweigsamer Mensch, der davon aus der Bahn geworfen worden war. Ich ging noch einmal die Wochen durch, die ich mit ihr verbracht hatte, suchte eine Spur von ihm, etwas, das mir nicht aufgefallen war.

Einen Ort, an dem ich nicht gesucht hatte.

28

Ich hatte ihn gesehen.

Ich stand mit geschlossenen Augen auf der Lichtung und erinnerte mich an einen Abend in der Zeit, als ich mich mit Claire traf: Ich war allein nach Hause gefahren, der Nebel hatte den Kirchturm am anderen Flussufer umhüllt und am dichtesten auf dem Fluss gelegen. Die Scheinwerfer eines Autos in New Brunswick, das in entgegengesetzter Richtung fuhr, leuchteten auf dem silbernen Faden der Straße. Bei diesen Bedingungen war die Straße kaum befahren. Einen Kilometer außerhalb der Stadt erstrahlte mein Heckfenster im Scheinwerferlicht eines anderen Wagens. Ich hielt am Straßenrand, wartete mit laufendem Motor auf dem Seitenstreifen und blickte mit einem Auge in den Spiegel, um den wirbelnden Nebel auf der langen Straße durchdringen zu können. Der Wagen kam nicht vorbei. Ein paar Kilometer weiter glaubte ich wieder, schwaches Scheinwerferlicht im Nebel auftauchen zu sehen. Ich fuhr zur Abzweigung und dann bis zu den Bäumen und parkte, schaltete das Licht aus und wartete, um zu sehen, ob jemand vorbeifuhr, kurbelte die Fensterscheibe herunter und schaute zurück, damit mir auch nichts entging. Nach dreißig Sekunden kam ein Wagen mit Abblendlicht vorbei, in Nebel gehüllt, der sich von ihm abschälte. Ich fuhr weiter, bis Hobbes den Weg entlanggesprungen kam, um mich hundert Meter vor der Hütte zu treffen, im Scheinwerferlicht erst seine leuchtenden Augen, dann die weiße Brust und sein Schwanz. Er kannte das Motorengeräusch und war die kleine Alarmanlage der Hütte, hatte angefangen zu bellen, als er den Pick-up hörte.

Ich hätte dem Wagen folgen sollen. Ich hätte überholen und ihn anhalten, hingehen und an die Scheibe klopfen sollen. Dann wäre Hobbes vielleicht noch am Leben. Aber was wusste ich damals schon? Er war noch nicht tot gewesen. Es war bloß ein Auto gewesen, das hinter mir fuhr.

War das die Person, die vor ein paar Tagen mit einer Schrotflinte in den Wald gekommen war, an dem Tag, als Hobbes einen Spaziergang machte? Angesichts dessen, was daraufhin passiert war, würden bestimmt noch andere kommen. Ich schlug die Augen auf und blickte in den Wald, ergriff das Gewehr und richtete es auf die dunklen Bäume.

Keine Männer in dieser Nacht. Aber sie würden wiederkommen, ja, ganz bestimmt. Manche Leute verschwinden einfach nicht, sie sind an ihre Gewohnheiten gekettet, gehen in ihren eigenen Fußspuren, beobachten auf dieselbe Art, sagen dieselben Worte, stets ihr Verderben. Ich würde diesem Fahrer wiederbegegnen. Aber wenn ich nach unten schaute, sah ich Männer unter meinen Füßen: Ich zählte sie in dem Loch neben meinem Hund, als ich zu der Stelle hinabblickte, an der er dreißig Zentimeter unter der Erde lag, während ich auf dem blumenlosen Beet stand, vielleicht waren es genauso viele wie seine Mörder, auch wenn ich das nicht wissen konnte. Es war nur Einbildung, eine Laune des Gehirns, denn um genau zu sein, lagen die Jäger hinter mir im Wald, aber am nächsten Tag würden weitere Männer meinetwegen aus diesem Wald kommen, Männer, so geschickt und einfallsreich wie die anderen oder vielleicht noch besser. Die Kugel, die Hobbes getötet hatte, war durch ihn hindurchgegangen und hatte auch einige von ihnen getötet, und in dem Loch war noch Platz genug. Die Kugel war immer noch in der Luft. Vielleicht hatte ich die Männer noch nicht genug getötet.

Ich hatte Zeit, das in Ordnung zu bringen. Die Lichtung rings um mich war ein Territorium, das die Soldaten im Ersten Weltkrieg Niemandsland genannt hätten, ein Ort, den man nicht zu betreten wagt, denn wer es tut, kehrt nicht zurück, zumindest nicht als derselbe Mensch.

Die Nacht ließ mich zu einem Stock gefrieren und schwang mich drohend gegen die Welt, ich war der Stock, der gegen die Welt geschwungen wurde. Ich betrachtete meine Hand, die den Gewehrschaft hielt. Ich war das Gewehr. Ich war die Kugel, das Ziel, das, was ein Wort bedeutet, wenn man es ernst nimmt. Genau das bedeutet Rache, selbst wenn's geschrieben ist.

29

Der dichte Schnee trieb im Wind dahin. Ich ging wieder ins Schlafzimmer und zog die Decken über mich, sank hinein, rollte mich so eng wie möglich zusammen und erzeugte meine eigene Wärme, so viel, dass ich mich bald wieder ausstrecken konnte. Die Plastikfolie, mit der ich die Fenster abgedichtet hatte, ließ immer noch so viel Wind herein, dass die Kerzenflamme flackerte und Schatten über die Wände huschten, aber vielleicht zitterte auch das Licht. Doch ich fühlte mich wie betäubt, als hätte ich etliche Körperteile verloren und wäre auf das Lebensnotwendige zusammengeschrumpft, also versuchte ich, die Hände zu bewegen, und spürte, dass ich sie auf der Brust gefaltet hatte.

Als ich lange nach Mitternacht warm und still dalag und in die Dunkelheit glitt, sah ich etwas aus der Finsternis hervorkommen.

Die Wölfe, die aus dem Bus gesprungen waren, kamen lautlos zwischen den Bäumen hindurch auf mich zu, ihr klarer Blick auf die Hütte gerichtet, diese beiden weißen Fellknäuel mit ihren blauen Augen und zielsicheren Sprüngen und Schritten, die so schnell zwischen den eng stehenden kahlen Birken hindurchglitten, dass ich sie nur bemerken würde, wenn ich das Ohr auf den Boden legte oder den Schnee von ihren Pfoten spritzen sähe. Sie kamen durch den gesamten Frühwinter auf mich zugerannt, gemeinsam oder kurz durch Bäume oder Felder getrennt, um sich danach wieder im selben Tempo und mit demselben Ziel zu vereinen. Sie hatten schon viele Kilometer zurückgelegt, befreit von ihrem Leben in dem Bus, diesem letzten kümmerlichen Außenposten vor der Wildnis, und während sie näher kamen, richteten sie ihren unbeweglichen Blick auf mich.

Sie kannten mich jetzt.

DRITTER TEIL

3. – 5. November

30

Ich erwachte nur langsam, ohne zu wissen, welcher Tag oder wie spät es war, wo ich mich befand, und erst als ich ein paar Gegenstände erkannte, wusste ich, dass es mein Schlafzimmer war. Das Licht wirkte anders, wie an manchen Tagen, die sich von Anfang an unterscheiden: Vermutlich lag es an dem Schnee, der durchs Fenster glitzerte und das Zimmer ringsum erstrahlen ließ, als bestünde es nicht aus Einrichtungsgegenständen.

Neben mir hörte ich, wie eine Stimme, eine menschliche Stimme, Worte bildete, die nichts mit meinen Gedanken zu tun hatten, und ich drehte mich zu meinem Kurzwellenradio um, das noch von der vorigen Nacht auf einen kanadischen Sender eingestellt war. Ich lag unter den Decken und lauschte. Tatsächlich, Schneeschauer an diesem Tag, aber später etwas Bedrohliches, eine in Zahlen erzählte Geschichte aus Quebec und nördlich von dort, die Temperaturen vor und hinter einer viel stärkeren Kaltfront, einer festen Linie, die mit

Wind, anhaltenden Schneefällen und schließlich bitterer Kälte nach Süden trieb.

Der Sprecher sagte, es sei Freitag, der dritte, also das erste Wochenende des echten Winters – noch einen, höchstens zwei Tage, bis das Unwetter mit seinem breiten Pinsel über diesen Wald hereinbrach und im Nu die Jahreszeit der Mäntel begann.

Ich stand auf und lief zu dem kalten Hemd, das am Türknauf hing, zog die Hose an und begab mich zum Ofen, schob Papier und Holzscheite hinein und hielt ein zitterndes Streichholz daran. Der eisige Nebel meines Atems stieg wie ein Geist aus meinem Mund auf. Als Kind hatte ich mich an solchen Tagen immer gefragt, ob ich mich in Luft auflöste. Ich war träge, als würde ich hinter mir herhinken oder darauf warten, zur Besinnung zu kommen, und hatte Schmerzen, obwohl ich beim Einschlafen noch nichts gespürt hatte.

Ich spießte eine Scheibe Brot auf eine lange Gabel und hielt sie vor die Flammen, danach streifte ich durchs Haus und trank zu meinem Toast heißen Tee. Mein Kopf war so leer wie die Landschaft draußen, nur an die Worte auf dem Plakat musste ich denken, daran, wie weit alles in ein paar Tagen gekommen war, nachdem sich ein Leben lang kaum etwas ereignet hatte. Ich musste an Hobbes denken, mein erstes Wochenende ohne ihn.

Da es in der Hütte nicht viel zu sehen gab, zog ich die Shakespeare-Liste zwischen den Büchern hervor und las die nächste Eintragung. Seltsam, ich wusste noch, wie ich genau diese Wörter notiert hatte, erinnerte mich an den Geruch im Raum und das, was ich sah, als ich sie aufschrieb, an das Gefühl in meiner Hand, als ich die Buchstaben hinkritzelte, an die Kleidung, die ich trug, und daran, wie klein und geschützt die Welt war, an den warmen Ofen, die sanfte Beteuerung meines Vaters, dass Bücher wichtig seien, dass es aber noch wichtiger sei, sie zu lesen. Jetzt, wo die Welt den Bach runtergegangen war und nichts mehr so sein würde wie zuvor, fand ich diese Erinnerung noch wichtiger. Alles stand in den Büchern, all diesen Büchern ringsum, ein ganzes Leben in diesen lebenden Wänden.

Auf der Liste standen vier Wörter, aber vielleicht hatte ich dafür nicht bloß einen, sondern zwei Tage gebraucht, denn ich hatte verschiedene Tinten benutzt, blau für das erste Wort und schwarz für die anderen drei: *entschwemmen* für auspressen, dann eine Lücke und danach die nächsten drei Wörter in Schwarz: *Zerstreuung* für einen Trupp versprengter Soldaten, *enthüllen* für entkleiden und *geplattert* für gestürzt. Es war reiner Zufall, dass die Wörter aus jenem Abschnitt zu diesem Tag zu passen schienen, dass der Morgen entschlossen war, allen verfügbaren Schnee aus dem Himmel zu entschwemmen und den Garten, die Scheune, die Blumenbeete, den Holzstoß und die Veranda rings um die Hüttentür damit zu benetzen, als hätte ich damals für künftige Zeiten geschrieben, statt eine längst tote Sprache zu lernen.

Claire ging mir nicht aus dem Kopf, überlagerte meine anderen Gedanken, jetzt, wo ich sie am vorigen Tag, ja sogar zwei- oder dreimal gesehen hatte, falls auch meine Gedanken zählten, und ich fragte mich, ob sie inzwischen in Fort Kent wohnte. Seltsam, dass man mit jemandem schlafen kann und schon ein paar Monate, erst recht Jahre später von ihm nichts mehr weiß.

Was ich auch vorhatte, es lag noch im Nebel, aber ich ließ den Pick-up warm laufen, goss heißen Tee in eine Thermoskanne und folgte mit einem Gedichtband und einer zwischen die Seiten geschobenen Liste, mit dem Gewehr und dem Fernrohraufsatz einer Reifenspur auf der ostwärts verlaufenden Straße, die mich irgendwann in Claires Stadt führen würde, und ich fuhr weiter und bahnte mir einen Weg durch die mit zartem Weiß bedeckte Landschaft, gestaltlos bis auf die aus den Wasserpfützen hervorschauenden Vögel. Ich wusste nicht genau, was der Tag bringen sollte, warum und zu welchem Zweck ich mit einem Gewehr durch die Gegend fuhr, und als ich einen Mann ganz allein mitten im Nirgendwo stehen sah, einen Mann, der die Arme hob, als wollte er eine Flutwelle aufhalten, wusste ich es noch weniger.

31

Er stand ungefähr einen Kilometer weiter auf der Straße, ein kleiner Punkt im glänzenden Pulverschnee. Ich beobachtete ihn durch die Scheibe und drosselte das Tempo, und dennoch dauerte es nur ein paar Sekunden, bis ich ihn und das, was er mir zu sagen hatte, erreichte.

Diese Gegend ist nicht flach, abgesehen von einer Stelle, wo die Asphaltstraße nach Fort Kent ein paar Kilometer lang eben ist, und wenn man dort entlangfährt und jemanden sieht, der zu Fuß unterwegs ist, hat man Zeit, sich auf ein Gespräch einzustellen, falls einem der Sinn danach steht, oder ihm zuzuwinken, wenn man wortlos vorbeifahren will. Alle Fragen sind zweckmäßig und wohlüberlegt und werden gleichermaßen beantwortet.

Ja, ich war jetzt nicht mehr weit weg, und da stand er tatsächlich. Er schien in meine Richtung zu blicken, während mein Pick-up sich näherte. Ich fuhr langsamer und kurbelte das Fenster mit der linken Hand herunter, fragte mich, was für ein Gespräch mich wohl erwartete, hatte aber nicht genug Zeit, um überlegen zu können, was er hier draußen mitten im Nirgendwo machte.

Mein Entschluss loszufahren war spontan gefallen, und selbst eine zufällige Unterhaltung konnte das zeigen, konnte offenbaren, warum ich unterwegs war und wo ich hinfuhr. Jetzt, auf den letzten fünfzig Metern, schoben die Scheibenwischer die Waschflüssigkeit beiseite, und er stand deutlicher da, ein Mann in Polizeijacke, die freie Hand an dem Revolver im Halfter. Ich sah, wie sich die andere Hand wieder hob und der Arm sich mir entgegenstreckte: Ich sollte anhalten.

32

Er trat zur Seite, als ich anhielt und die Bremsen in der dünnen Luft quietschten, sah aus wie jemand, der sich unbehaglich fühlte oder missmutig war: Sogar seine Haut wirkte wie ein großer, hastig übergeworfener Regenmantel. Anscheinend hatte er keine Lust, hier zu stehen und Autos anzuhalten, und seine Stimme klang ziemlich unfreundlich.

Ihnen ist da oben nichts aufgefallen, oder?

Ich drehte den Schlüssel um, und als der Motor ausging, drängte sich die Stille um die ersten Worte, die ich an den Mann richtete.

Was meinen Sie?

Ich legte die Unterarme ums Lenkrad und neigte mich im selben Moment zum Fenster, als er sich hereinbeugte. Sein Gesicht war eine einzige Atemwolke.

Schüsse, verdächtiges Treiben, sagte er. In der Gegend, wo Sie wohnen. Nichts?

Ich erwiderte: Da streifen ziemlich viele Jäger herum, also sind Schüsse im Wald zu hören.

Er nickte zu meinen Worten, als hätte er diese Antwort erwartet.

Aber sonst nichts, sagte ich, abgesehen davon, dass der Winter kommt. Meistens ist es ruhig.

Seine Hand ruhte immer noch auf dem Halfter, obwohl er die Finger demonstrativ auf den Gürtel gelegt hatte, um entspannt zu wirken. Ich wusste nicht genau, wonach er suchte, denn ich hatte kein Fernsehen und konnte nicht wissen, was sie wussten und ob irgendetwas davon sie hierhergeführt hatte.

Tatsächlich, sagte er. Er kaute irgendwas, höchstwahrscheinlich Kaugummi, und sein Blick flatterte durchs Führerhaus wie ein Bettlaken, das an der Wäscheleine mal in die eine, mal in die andere Richtung weht. Ich wartete, bis er fertig war. Vermutlich hatte er schon zwanzig Minuten oder noch länger dagestanden, bevor ich am Horizont aufgetaucht war, und wollte mich in ein Gespräch verwickeln, da der nächste Fahrer noch ziemlich weit weg sein konnte. Dennoch nahm ich mir vor, nicht mehr als das Allernötigste zu sagen.

Können Sie uns Bescheid geben, wenn Sie irgendwas Außergewöhnliches hören? Wir haben Informationen erhalten.

Mach ich.

Er blickte mich an und sah, dass ich ihn beobachtete.

Sie haben ein Buch dabei, sagte er.

Ich betrachtete den Band Sonette auf meinem Schoß, in den ich die Liste der Shakespeare-Wörter gelegt hatte.

Für den Fall, dass mir nach meinen Besorgungen noch ein paar Minuten im Café bleiben, erwiderte ich.

Wovon handelt es?, fragte er.

Es ist ein Band mit Sonetten. Das sind Gedichte.

Er schürzte die Lippen. Und was ist Ihr Lieblingsgedicht?

In diesem Moment wehte der Wind ein paar Schneeflocken herein und bestäubte damit den Sitz. Seine Frage war wohlüberlegt und nicht leicht zu beantworten, auch wenn die Umstände es, wie jetzt, erforderten, denn jemand, dessen Beruf oder Gewohnheit es ist, Fragen zu stellen, nimmt es einem übel, wenn man sie unbeantwortet lässt.

Sie gefallen mir alle, kommt ganz drauf an.

Worauf?

Darauf, was der Tag mit sich bringt.

Ich fand, es war Zeit zu fahren oder dass er mich aufforderte auszusteigen. Ich drehte den Schlüssel, und der Motor sprang an. Er warf noch einen Blick auf den Sitz und räusperte sich.

Mir fiel ein, dass er den Wagen durchsuchen

könnte und die Enfield und die Zielvorrichtung finden würde, die ich hinter dem Sitz versteckt hatte. Zum Glück hatte ich beides, statt wie sonst immer auf den Sitz, unwillkürlich dorthin gelegt.

Er trat einen Schritt zurück und legte beide Hände auf den Revolvergürtel.

Wenn ich Sie auffordern würde, aus dem Fahrzeug zu steigen und sich da hinzustellen, er deutete neben seine Stiefel, dann könnten Sie mir also nicht mal ein paar Zeilen aus Ihrem Lieblingsgedicht aufsagen.

Mir gefiel der Ton nicht, in dem er plötzlich zu mir sprach.

Meistens könnte ich das, aber das gilt nicht für alle Tage, erwiderte ich so laut, dass ich das Brummen des Motors übertönte. Doch ich hätte höchstens ein paar Worte zitieren können, weil ich zu solchen Gedächtnisleistungen nicht imstande war.

Er stellte die Füße schulterbreit auseinander und zuckte mit den Achseln. Falls das Ganze geplant war und sie auf mich gewartet hatten, dann war ich eine leichte Beute und würde es nicht überleben, wenn ich die Waffe zog. Er würde aus geringer Entfernung auf mich schießen, während ich nach dem Gewehr hinter mir griff, ein peinlicher Tod. Ich trat auf die Kupplung und legte den ersten Gang ein.

Da haben wir es also mit einem belesenen Mann zu tun, sagte er lächelnd und blickte zur Seite, in die Richtung, in die ich fuhr.

Vielen Dank für Ihre Hilfe.

Er ließ mich fahren. Das war mein Glück. Ich gab Gas, winkte kurz und beobachtete ihn auf der hinter mir liegenden Geraden, bis er im Seitenspiegel wieder zu einem kleinen, in Abgase gehüllten Punkt geschrumpft war. Dann überlegte ich, warum ich keinen Streifenwagen gesehen hatte, nicht einmal am Straßenrand, wo ohnehin kein Platz gewesen wäre, und da er auf keinen Fall zu Fuß hergekommen war, musste man ihn dort abgesetzt haben. Aber auch das ergab keinen Sinn.

Nach der ersten Kurve hielt ich an, zog das Gewehr hervor und legte es auf den Sitz. Während der Pick-up vor sich hin tuckerte und Schneeflocken über die Motorhaube wehten, dachte ich über das Ganze nach. Wenn sie mir auf den Pelz rückten, musste ich handeln. Ich konnte wenden und ihn von irgendwo erschießen, aber wenn er dort abgesetzt worden war, um Autos zu kontrollieren, würde die Suche nach ihm bloß noch mehr Aufmerksamkeit erregen. Jedenfalls hatte er meinen Hund bestimmt nicht erschossen, also hatte ich mit ihm keine Rechnung zu begleichen. Dennoch beschloss ich, noch ein bisschen darüber nachzudenken, warum er in diese Gegend gekommen war. Ich wickelte das Gewehr aus der Hülle, ging auf die andere Seite des Pick-ups, wo ich aus einem vorbeifahrenden Wagen nicht zu sehen war, und dann weiter zur Kurve. Doch der Mann stand nicht mehr da, wo ich ihn verlassen hatte. Das war ziemlich schnell gegangen. Ich wartete ein paar Minuten, für den Fall, dass er sich erleichterte, schnappte mir mein Buch, schlug es an der Stelle auf, wo ich ein Blatt hineingelegt hatte, bei einem Gedicht über die Liebe und so was, und setzte mich mit schussbereitem Gewehr neben das Lenkrad.

Auf einem Feld in der Nähe wirbelte der Wind Schnee auf und fegte an einem reglos dastehenden Elch vorbei. Hoch oben kreiste ein großer Vogel im tosenden Wind, die Augen zweifellos auf irgendein Tier gerichtet: Die Sehkraft dieser Vögel brannte die Verunreinigung aus dem normalen Blick und offenbarte ihnen die geringste Bewegung, das winzigste Zucken, ja schon die Absicht eines Schneehasen oder einer kleinen Eule, die offene weiße Landschaft zu überqueren, ihren letzten Weg.

Als ich mit dem Gewehr unterm Mantel zu der Kurve zurückkehrte, sah ich in einiger Entfernung zwei rote Punkte den Hügel hinaufgleiten, die Rücklichter eines Autos. Sie hatten ihn abgeholt, fuhren aber in eine andere Richtung, auf Nebenstraßen. Damit war es klar, sie richteten an ungewöhnlichen Stellen Kontrollpunkte ein, um das Netz um den Mörder zuzuziehen. Oder sie steckten bloß eine Nadel in die Landkarte des Bezirks und hofften. Ich spielte mit dem Gedanken, schnell einen Schuss abzugeben, auf einen Kilometer Entfernung, das war durchaus machbar, doch für zwei Schüsse hatte ich nicht genug Zeit. Und wo sollte ich die beiden Männer verstecken, ganz zu schweigen von ihrem Wagen?

Ich wickelte das Gewehr wieder in die Hülle, legte es auf den Sitz und fuhr weiter. Außer dem Buch und der Waffe hatte ich noch eine Karteikarte und einen Bleistift dabei, eine Art Köder, denn ich hatte nicht vergessen, dass es in Fort Kent jemanden gab, der mir offenbar viel zu sagen hatte.

33

Ich fuhr die lange Strecke, die einzige Strecke im Winter, durch Fort Kent und Frenchville und dann südwärts nach St. Agatha, überholte die langsamen Streufahrzeuge und Schneepflüge mit ihren eingeschalteten Scheibenwischern und Scheinwerfern. Der Himmel war herabgestürzt und hatte sich in Schneematsch verwandelt. Wenn der Wind nicht manchmal die Wolken aufriss, wusste man an so einem Tag nicht, wo sich die Sonne befand.

Die Wetteransager unten in Bangor deuten auf der Karte immer auf Caribou und sagen »da oben«, doch dieser Ort liegt sechzig Kilometer südlich von uns, und wir befinden uns auch gut vier Stunden nördlich von Montreal. Fort Kent ist die nördlichste amerikanische Stadt außerhalb Alaskas: Wenn die Leute hinterm Haus ihre Wäsche aufhängen, können sie sehen, wie in den Wohnzimmern der Leute in St. Clair, New Brunswick, die Fernseher flimmern. Wem das nicht reicht, der kann auch noch den ganzen Tag lang Französisch sprechen, wenn er will, ihm geht sogar das Englisch aus, wenn er es so weit geschafft hat. Das ganze Jahr hindurch leben hier nur ein paar tausend Leute, und die Hauptstraße schlängelt sich an ein paar Restaurants, Banken, einem Supermarkt, einem Baumarkt, einer Autowerkstatt, einer Apotheke und einem Motel entlang, mündet dann im Westen in das breitere St. John Valley, die Felder und den Wald, und folgt tänzerisch jeder Biegung des Flusses. Ich hielt an einer Tankstelle am Highway. Auf dem Parkplatz manövrierte ein Holztransporter, und zwei Männer in roten Jacken und Flanellhemden standen mit dampfendem Kaffee an der Wand vor dem Restaurant, wo es wärmer war, besonders jetzt, da sich mal ein Stück blauer Himmel zeigte.

Ich ging mit einem Nicken an ihnen vorbei.

Der Schnee schmilzt wieder, sagte einer der beiden zu mir, zumindest heute und morgen früh.

Sieht so aus, sagte ich, und als ich das Restaurant betrat, schlug mir ein Schwall warmer Luft und der Duft von heißem Kaffee und gebratenem Speck entgegen. Ich brauchte nicht viel, nur einen Schluck Tee und ein Käsesandwich. Im Restaurant herrschte viel Betrieb, und noch an diesem Vormittag, einige Stunden nach den ersten Schneefällen, würden bestimmt bald die Snowboarder kommen, wenn auch nicht so viele wie im Süden oder im Westen, und das Restaurant würde sich mit lärmenden Familien füllen statt mit den zähen, schweigsamen Männern und Frauen, die jetzt hier saßen, in deren Blicken die Fernfahrten eingebrannt waren.

Während aus dem bewölkten Teil des Himmels leichter Schnee fiel und über den Parkplatz wehte, traf ein Pick-up mit einem Geweih am Kühlergrill ein. Zwei Männer stiegen aus und kamen herein, dicke Arme, die Kappen tief ins Gesicht gezogen, so dass man nur ihre unangezündeten Zigaretten sah. Sie glitten an einen Tisch und gaben mit einem Nicken ihre Bestellung auf. Trotz des klappernden Bestecks und der Bestellungen, des Hustens und Niesens und des lärmenden Fernsehers an der Wand drangen Gesprächsfetzen herüber.

Ich hab einen großen Hirsch zur Strecke gebracht und ihn mir in einer knappen Viertelstunde auf den Rücken geschnallt.

Ja? Ich hab einen Schwarzbär erledigt, der auf mich zukam, aber plötzlich abhauen wollte, als wenn er Bescheid wüsste. Ein Schuss mit der Winchester, und er fiel um wie ein Sack.

Ein paar Einheimische haben oben an der Grenze jede Menge Bären erlegt.

Dann beugten sie sich vor und senkten die Stimmen. Ich musste den Kopf drehen, um ihr Geflüster trotz des Geschirrklapperns hören zu können.

Nein, ich weiß auch nicht, was da los ist. Keine Spur von ihm in den letzten drei Tagen. Und dann noch die anderen beiden. Ich sag dir, da stimmt was nicht. Das gibt's doch nicht, dass mehrere Männer spur- und geräuschlos verschwinden.

Einer der beiden zündete sich eine Zigarette an, und als er merkte, dass ich ihn anstarrte, blickte ich auf den Fernseher, wo ein rotes Fragezeichen mit einem Gewehr davor auf dem Bildschirm zu sehen war.

Und jetzt ein Bericht aus Fort Kent: drei vermisste Jäger und zwei verzweifelt auf ein Lebenszeichen hoffende Familien. Was ist in den North Woods passiert? Wohin sind diese Männer verschwunden?

Auf dem Bildschirm erschienen drei Fotos. Ja, das waren sie, ganz am Schluss der hagere Armbrustschütze. Der Reporter sagte, zwei von ihnen seien aus Frenchville, das waren die beiden Freunde, die jetzt in dem Pick-up im Wald lagen, und der Erste, den ich erschossen hatte, stammte aus Fort Kent. Zwei von ihnen hatten Kinder, aber nicht der Hagere, der unverheiratet war. Als von den Kindern die Rede war, wurde mir schwer ums

Herz. Die Kleinen hatten jetzt keinen Vater mehr, das wäre nicht nötig gewesen, aber warum musste jemand auch auf die Jagd gehen, wenn er zu Hause ein Kind hatte? Warum überhaupt jagen, und warum in der Nähe meiner Hütte? Warum einen Hund erschießen oder mit einem Hundemörder verkehren? Das kommt davon, wenn man so was tut. Erlegen, das hörte sich harmlos an und war genau das, was auch ich getan hatte. Das Opfer erwischen, wenn es nicht damit rechnet, ist das nicht alles, worum es bei der Jagd geht, ist das nicht die Kunst des Jagens? Man versteckt sich und gibt ihm, was es verdient.

Ihr hättet alle vorsichtiger sein sollen. Zu dem Armbrustschützen hatte ich gesagt: Ihr kommt, um im Wald zu schießen, aber der Wald hat zurückgeschossen.

Ich wollte Mitleid empfinden, doch das Mitleid drängte voraus und war bestimmt in ein paar Minuten, sobald ich das Sandwich in meinen zitternden Händen aufgegessen hatte, entschwunden. Meine Hände zitterten nie, nicht einmal wenn ich nervös war. Während ich aß, hielt draußen ein Streifenwagen der Staatspolizei.

Zwei Polizisten stiegen aus, kamen herein und gingen an die Theke, an der Hosennaht ein Streifen, der direkt aus ihren Revolvern zu kommen schien, und sie falteten keine Zeitung, sondern eine Landkarte auseinander, dem Anschein nach eine Karte des Bezirks, mit ein paar eingezeichneten Kringeln. Ohne dass sie bestellen mussten, brachte ihnen die Kellnerin Kaffee, und sie sahen sich im Fernsehen den Bericht über die vermissten Jäger an.

Ich ging auf die Toilette und sah im Vorbeigehen auf der Karte einen Kringel um den McLean Mountain und die abgelegene Siedlung südlich von St. Francis, am Fluss, ein paar hundert Meter von der Grenze entfernt. Auf den ersten Blick ein Gebiet von hundertfünfzig Quadratkilometern und drei Pfeile, die aus verschiedenen Richtungen darauf zuliefen. Sie legten ein Netz von trigonometrischen Punkten über das Gelände.

Na gut, das war zu erwarten gewesen. Aber als ich mir mit Seife und kaltem Wasser die Hände wusch, wurde mir klar, dass ich vorsichtiger sein musste, wenn ich noch mal auf einen Polizisten traf, verdammt vorsichtig, denn sonst könnten diese Pfeile besser zielen und schließlich aus allen Richtungen auf die Hütte und zum Fenster hineindeuten. Doch meine jetzige Fahrt konnte helfen, sie in die falsche Richtung zu lenken. Ich zahlte, wünschte den beiden Beamten einen guten Morgen, und sie erwiderten meinen Gruß mit einem Lächeln.

Dann stieg ich in den Pick-up und fuhr mit einem frischen Becher Kaffee davon. Heißer Tee war gut für ein behutsames, stetiges, verlässliches Leben, für den weiten Bogen des Nachmittags und all das, und ich hatte auch welchen für später dabei, doch für die nächsten zehn Minuten brauchte ich Kaffee, der mein Blut in Wallung brachte und meine Wachsamkeit erhöhte. Ein Auto mit Skiern auf dem Dach kam mir entgegen. Leute in gelben Jacken und Mützen, sogar im Wagen. Sie konnten es kaum erwarten, auf die Pisten zu kommen, und es war kalt, wurde immer kälter. Ich überlegte, warum ich mich für St. Agatha und nicht für den Wald rings um mein Haus entschied, wo Hobbes erschossen worden war und die Gründe für mein Handeln verständlicher wären: Ich wusste, es hatte nichts damit zu tun, dass Claire von dort stammte, sie schien inzwischen ohnehin in Fort Kent zu wohnen. Ich fuhr nicht auf der Suche nach Claire mit einem Gewehr nach St. Agatha.

34

Nachmittags um halb zwei erreichte ich St. Agatha und bog links ab zum Ostufer des südlich der Stadt gelegenen Sees, der verwilderten Seite, parkte den Wagen neben der Straße und ging mit geschultertem Gewehr, das Buch unterm Mantel und die Thermoskanne in der rechten Tasche, zum nächstgelegenen Baum mit einem Hochsitz, der an einem Acker stand und ein ausgezeichnetes Schussfeld bot. Es gab hier nicht viel Wald, mehr Kartoffeläcker als Bäume, aber bestimmt waren Jäger unterwegs, die es auf Vögel oder Hirsche abgesehen hatten, und vielleicht auch der Kerl, der auf das Plakat seinen Kommentar geschrieben hatte.

Es würde nicht mehr lange dauern, an einem Tag wie diesem, wo überall am Himmel das Blau durch die Wolken brach und es im Wald von Hirschfährten wimmelte. Ich lehnte das Gewehr ans Geländer, schlug das Buch mit den Sonetten auf und goss mir einen Schluck Earl Grey auf die Zunge – dieses unvergleichliche Gefühl, wenn einem bei kaltem Wetter die ersten Sonnenstrahlen ins Gesicht scheinen. Aber ich hatte eher Zeichnungen, Statistiken, Wegekarten und Ähnliches im Kopf.

Ich hatte mal in einem Buch gelesen, dass Scharfschützen in den nördlichen Breiten weiße Tarnkleidung tragen. Das war mir eingefallen, als ich am Morgen die Hütte verließ, und ich hatte den Lauf der Lee Enfield in eine weiße Decke gehüllt, damit er warm blieb und das Gewehr vor der schneebedeckten Rinde des Baums nicht zu sehen war. Und aus demselben Grund warf ich mir oben auf dem Baum einen Zipfel derselben Decke über, in die ich Augenschlitze geschnitten hatte, um etwas sehen zu können. Aus der Ferne würde es aussehen, als sei der Hochsitz leer.

Ich nahm den Aldis-Fernrohraufsatz aus der Lederhülle und befestigte ihn am Gewehr. Das Seltsame an vielen Fernrohraufsätzen, die im Ersten Weltkrieg bei den Enfields benutzt wurden, war, dass sie links vom Lauf befestigt wurden und den Schützen zwangen, mit dem linken Auge zu zielen oder den Schaft von der Wange zu nehmen und das Ziel mit dem rechten Auge anzuvisieren, wodurch das Gewehr den nötigen Halt verlor.

Ich ließ das Gewehr über das Feld gleiten, stellte das Visier scharf und sah, wie es das vorhandene Licht zu sammeln und einen leuchtenden Ring um alles zu legen schien. Jetzt musste ich eine Entfernungskarte erstellen, wie es mir mein Vater beigebracht hatte, damit ich vor einem Schuss die Entfernung richtig einschätzen und Richthöhe und Geschossfall berechnen konnte. Ich legte eine Karteikarte auf mein Knie und zeichnete ausgehend von meinem Standort immer größere Kreise, vier insgesamt, die jeweils einen Abstand von hundert Metern darstellten. Dann zeichnete ich einen Baum ein, der ungefähr in der Mitte zwischen dem ersten und zweiten Kreis stand, und fügte die Skizze eines Strommastes hinzu, der sich zwanzig Meter vor der dritten Kreislinie befand.

Als ich damit fertig war, riss ich ein Stück von der Karte ab, warf es in die Luft und beobachtete, wie es herabfiel, um ein Gefühl für die Windgeschwindigkeit und den Einfluss des Seitenwindes zu bekommen, obwohl es an diesem Tag plötzliche Böen gab, die sich nicht einschätzen ließen, aber wenigstens kamen sie alle von links.

Manche Leute wollen immer auf alles vorbereitet sein. Aber es kommt eine Zeit, wo man nur noch warten kann.

Ich saß reglos da und gönnte meinen Augen etwas Ruhe. Wenn die Zeit kommt, wo man zielen muss, können die Augen schnell müde werden und müssen ausgeruht sein. Ungefähr eine Stunde später sah ich, wie in einer Entfernung von etwa vierhundertfünfzig Metern eine Gestalt mit geschultertem Gewehr am Waldrand entlangging. Ich hob das Gewehr und nahm sie ins Visier.

1914 fanden die Deutschen heraus, dass man am besten auf die Zähne eines Menschen zielt, da der Schuss, wenn er zehn Zentimeter höher oder tiefer trifft, immer noch tödlich ist. Und wenn man auf den Bereich zwischen Kopf und Taille schießen will, hat man eine Trefffläche von sechzig mal dreißig Zentimetern und sollte auf die Mitte zielen.

Der Mann kam vom Waldrand aufs Feld. Ich zog die Handschuhe aus, hüllte sie um den Schaft und legte die Wange daran, um das Gewehr fest an die Schulter zu drücken. Ich schloss das linke Auge, schaute mit dem rechten durchs Visier, fand den Mann, justierte es leicht und versuchte den Wind zu berücksichtigen, zielte ein bisschen nach links, holte tief Luft, stieß sie wieder aus, drückte ab, und der Mann im Zielfernrohr blieb stehen, drehte sich halb um und fiel auf den Rücken.

Ich behielt die Gestalt im Blick, die jetzt auf dem Feld lag.

Der größte und gewöhnlich letzte Fehler, den ein Scharfschütze begehen kann, ist, nachzusehen, ob er getroffen hat, aufzustehen und hinzustarren, ans Fenster, aus der Deckung zu kommen. Ein Anfänger kann der Versuchung nicht widerstehen, aus dem Fenster zu schauen oder über die Mauer zu spähen, um sich zu vergewissern, ob das Opfer tot ist. Doch genau das wünscht sich die Gegenseite, denn sie hat mehrere Gewehre auf dieses Fenster oder diese Mauer gerichtet und wartet zwei, drei Stunden lang auf den Sekundenbruchteil, in dem das Gesicht auftaucht, und mehr Zeit braucht sie nicht, um darauf zu schießen. Als der Knall in der weißen Ödnis verklungen war, blieb ich also mit angelegtem Gewehr volle fünf Minuten lang reglos sitzen, benutzte mein Knie als Stütze und öffnete ab und zu das rechte Auge, um die Gestalt im Schnee zu betrachten. Den größten Teil der Zeit kauerte ich jedoch mit geschlossenen Augen auf dem Hochsitz.

Die Gestalt stand nicht wieder auf, ringsum herrschte Stille, und der Wind streifte den Schnee von den Baumwipfeln. Ich konnte zumindest hingehen und nach Hobbes fragen, also packte ich alles zusammen und überquerte das Feld, kam an dem Baum und dem Strommast vorbei. Es war ein langer Weg zu dem im Schnee liegenden Mann. Nach hundert Metern sah ich, dass er in einer Pfütze lag, nach zweihundert Metern, dass sie rot war, und nach dreihundert Metern, dass sein Kopf darin schwamm. Vierhundert Meter von dem Baum entfernt, auf dem ich gesessen und den Schuss abgegeben hatte, stellte ich mich neben ihn, die Zeichnung von Hobbes in der Hand, doch diesmal würde ich keine Fragen stellen. Wenn der Mann einen Hund erschossen hatte, hatte er dieses Wissen ins Grab mitgenommen. Beim Sturz hatte er seinen linken Stiefel verloren, die einzige Erklärung schien mir zu sein, dass er ihn nicht richtig zugeschnürt hatte.

Ich zog den Führerschein aus seiner Brieftasche: Es war ein Einheimischer, einer von den Leuten aus Fort Kent, die hinter mir her waren. Es war gut, sie weiter in diese Gegend, in die falsche Richtung zu locken. Inzwischen hatte ich überall das Gefühl, dass sie mir auf den Leib rückten. Ich schleppte den Mann unter die Bäume, ließ ihn dort fallen und bedeckte ihn mit trockenem Laub und Zweigen. Am Waldrand war es am besten, im dichten Unterholz. Hier lag er gut. Ich sah ein Auto vorbeifahren, dann noch eins, und hielt es für sicherer, von hier zu verschwinden. Normalerweise merken die meisten Leute nicht, was sich direkt vor ihren Augen abspielt, aber man kann nie wissen. Einer genügt schon.

Im letzten Moment fragte ich doch noch: Hast du meinen Hund erschossen? Weißt du, dass ich dich erschossen habe? Der Schuss kam unerwartet, du bist geplattert wie die anderen, und dein Blut wird entschwemmt.

Dann fragte ich: Hast du was auf das Plakat geschrieben? War das deine Handschrift?

Er sagte kein Wort, zumindest die Teile seines mit Zweigen und Laub bedeckten Körpers, die ich sehen konnte, also hatte ich ihn gar nicht als Ganzes angesprochen. Er würde jedenfalls nichts mehr schreiben: Wenn ich ein neues Plakat aufhängte und niemand etwas draufschrieb, hatte ich vielleicht den Richtigen erwischt. Wenn er in Fort Kent etwas auf ein Plakat schrieb, dann konnte er auch überall gejagt haben, zum Beispiel in der Nähe der Hütte. Aus diesem Grund war es ratsam gewesen, das Netz so weit zu spannen, um ihn zu erwischen. Und er war mit einem schicken Gewehr gekommen, einer Browning-Gold-Flinte, sehr teuer, sehr sauber, poliert wie ein Boudoirspiegel, eins dieser Gewehre aus der Zeitschrift. Wahrscheinlich hatte auch er die Werbeanzeigen gelesen.

Vielleicht hatte ihm das Kaliber den Stiefel weg- oder ihn daraus herausgerissen.

Mein Vater hat mich mal auf den Schoß genommen und eine 303er Patrone ins Licht gehalten, die war so lang wie ein Finger, und ich habe gesagt, es sähe aus, als hätte er sechs Finger an der Hand.

Das ist kein Finger, Julius, sagte er. Die Patrone dreht sich durch den Lauf und fliegt mehr als achthundert Meter in der Sekunde. Sie durchschlägt Knochen, Adern und Muskeln, als handelte es sich um eine weiche Gurke. Manche Deutsche, die wir in Holland aus hundert Metern Entfernung erschossen haben, fanden wir später zerfetzt, weil bei diesen Patronen manchmal ein Großteil des Körpers auseinandergerissen wird.

Du meinst, diese Kugel jagt die Leute in die Luft, sagte ich.

Im Grunde genommen tut sie genau das, erwiderte er.

Auf der Rückfahrt von St. Agatha sah ich, dass die Polizei an der Hauptstraße von Fort Kent wieder Autos anhielt, Fragen stellte und Kofferräume durchsuchte, aber nur stadtauswärts. Ich parkte um kurz vor drei hinter dem Supermarkt, legte die Waffe und alles andere hinter den Sitz und heftete das neue Plakat mit einer blauen Reißzwecke, die jemand an der Anschlagtafel zurückgelassen hatte, an die gewohnte Stelle, diesmal eine zehn mal fünfzehn Zentimeter große Karteikarte, genauso groß wie meine Entfernungskarte: »HUND

ERSCHOSSEN, Hinweise an J. Winsome, Postfach 271, Fort Kent.«

Ich betrat das Café, wo die Kellnerin mich mit ihrer Stimme und dann mit ihrem Lächeln begrüßte: Und was kann ich Ihnen heute bringen?

Kaffee, sagte ich und setzte mich an den kleinen Fenstertisch hinter der großen Topfpalme, die meiner eigenen neben den Bücherregalen in der Hütte glich, den warmen Büchern im zum Fenster hereinfallenden Sonnenlicht.

Ich muss mich enthüllen, sagte ich, während ich den Mantel auszog.

Sie nickte und erwiderte: Ja, hier ist Ihr Kaffee.

Als sie gegangen war und ich mich vergewissert hatte, dass mich niemand beobachtete, nahm ich den Fernrohraufsatz aus der Lederhülle, richtete ihn auf die zwei Straßen entfernte Anschlagtafel, stellte das Visier scharf und legte es auf meinen Schoß. Alle paar Minuten blickte ich damit durchs Caféfenster, um eventuelle anonyme Schreiber zu ertappen. Die Kellnerin sah mich und kam mit der Kaffeekanne herüber, um mich zu fragen, wen ich beobachtete, und dann lachte sie.

Ich nickte. Ich teste ein uraltes Visier. Die Optik.

Na ja, solange es nicht auf einem Gewehr sitzt, hab ich hier nichts dagegen.

Ich lächelte. Manche Leute müssen immer ihren Senf dazugeben, und ich lächelte weiter, bis sie gegangen war, und hielt das Visier dann wieder ans Auge.

Da, ein Mann mit einem Schal um den Kopf stand mit einem Füller oder irgendwas an der Mauer. Ich versuchte, das Ganze schärfer zu stellen. Einige Leute hatten mit einer Enfield schon aus tausend Metern getroffen. Das war durchaus möglich, besonders in einer Straße mit Hausmauern auf beiden Seiten, einem Korridor, der half, die Kugel zu lciten.

Plötzlich wurde alles unscharf, eine schwarze, oben blasse Wolke schob sich vor das Visier, dann klopfte es am Fenster, und als ich so tat, als hätte ich nichts gehört, klopfte es noch einmal. Nach ein paar Sekunden begriff ich, dass meine Reglosigkeit mir weder Sicherheit gab noch mich unsichtbar machte, da die Person offenbar wusste, dass ich am Fenster saß, weil sie vermutlich direkt davorstand. Ich nahm das Visier herunter und blinzelte: Draußen auf dem Gehsteig stand Claire, in Handschuhe und einen Schal gehüllt, abgesehen von der nackten linken Hand, die die Scheibe berührte, während die rechte den Handschuh hielt, so dass es aussah, als würde sie sich mit der Fingerspitze gegen das Fenster stützen. Wäre sie ein feindlicher Soldat gewesen, und wir hätten uns in offenem Gelände befunden, hätte ich die nächsten paar Sekunden wohl nicht überlebt. Sie hatte so dicht vor mir gestanden, dass ich sie nicht gesehen hatte, und ich nahm mir vor, diese Lektion nicht zu vergessen.

In dem Schal war ihr Gesicht zu einer Birne geformt, doch man konnte es noch erkennen. Ich sah, wie sie meinen Namen aussprach, hörte die letzte Silbe, us, gedämpft wie aus der Ferne, wie ein Ruf durch ein großes Waldstück. Ich saß mit dem Visier in der Hand da und regte mich nicht. Sie hatte mich ertappt, und jetzt ging sie am Fenster entlang, betrat das Café und kam im Spiegelbild desselben Fensters an meinen Tisch, ohne die Kellnerin zu beachten, die ihr mit einer Kaffeekanne folgte.

Julius, sagte sie.

Ich drehte mich um, bis sie direkt vor mir stand. Ja?

Was ist das? Sie deutete auf meinen Schoß.

Ein optisches Gerät, das ich überprüfen lassen will. Unten im Waffenladen.

Troy, sagte sie, den kennst du doch?

Ich hab ihn mit dir gesehen, antwortete ich. Ich war da, falls du das noch weißt.

Sie setzte sich mir gegenüber, wickelte den Schal vom Kopf, und ich sah das volle Gesicht, das morgens beim Aufwachen so oft neben mir gelegen hatte, eine sehr glückliche Zeit.

Was machst du, Julius? Es ist bloß, dass Troy sagt, ich meine, sie reden davon, wo der Mörder vermutlich zuschlägt, wo er vermutlich wohnt.

Mörder, sagte ich.

Sie haben eine Leiche gefunden, erwiderte sie.

35

Die grundlegenden Schießfertigkeiten hatte mir mein Vater beigebracht. Die Kriegsgeschichten stammten hauptsächlich von meinem Großvater und bargen andere Ratschläge in sich, Lektionen übers Schießen, die er unter Druck und unter Beschuss gelernt hatte. Wie mein Vater erzählt hat, ging es meinem Großvater zwanzig Jahre lang gut, nachdem er aus dem Ersten Weltkrieg heimgekehrt war. Doch eines Nachmittags sei er ohne ersichtlichen Grund zusammengebrochen und habe gesagt, im Traum sehe er seit ein paar Wochen die Gesichter seiner Opfer, aber nicht nur das, sondern auch die Kinder, die sie nie gezeugt hatten, drängten sich am Rand seiner Träume, ihre Arme und Beine schmuggelten sich ins Bild. Als es mit meinem Großvater nicht besser wurde, riet man ihm, zum Arzt zu gehen. Vielleicht leide er an einer Kriegsneurose, hieß es.

Nein, sagte er. Das ist keine Kriegsneurose. Ich lag nicht ständig unter Artilleriefeuer.

Mein Vater erklärte ihm, dass er die Gesichter der Leute, die er als Scharfschütze erschoss, vielleicht gar nicht gesehen habe, da sie oft mehr als hundert Meter weit weg gewesen und ihre Gesichter auf diese Entfernung nicht zu erkennen seien, nicht die Augen oder den Ausdruck eines Menschen hätten. Aber mein Großvater habe sich nicht beruhigen lassen, sagte mein Vater, er sei danach immer stiller geworden, gehetzt, ausgehöhlt, die Augen noch schwärzer, als blickte er durch Visiere weit in die Ferne.

Ich kann kaum glauben, was für ein Pech es war, dass dein Großvater davon eingeholt wurde, sagte er zu mir.

Eingeholt?, fragte ich.

Ja, sie haben ihn eingeholt. Das kommt von der Schlacht.

Mein Vater war mit seinen Worten so sparsam, dass man Wasser hinzufügen musste, damit sie zu verständlichen Sätzen aufquollen.

Ich fragte: Von der Schlacht?

Er überlegte noch mal und legte sein Buch hin, um zu sagen, was er zu sagen hatte.

Genau, wenn ein Gewehr die Schlacht verlässt, ist es beladen mit toten Männern. Dein Großvater muss ihre Gesichter so oft durchs Visier gesehen haben, die Überraschung auf dem Gesicht des Mannes, den er erschoss, weil *er* erschossen wurde, er selbst und nicht der Mann neben ihm oder jemand am anderen Ende des Schützengrabens oder auf einem völlig anderen Schlachtfeld, eine so große Überraschung, dass diese Männer zwanzig Jahre lang auf Fingerspitzen auf ihn zukrochen, und als sie bei ihm anlangten, lag er schlafend im Bett, deshalb drückten sie ihre Finger in seine Träume und durchbohrten sie wie Marmelade, drangen in diese Träume ein und standen auf, und er sah sie, sah sie alle in dieser Marmelade, in ihren Uniformen, krank bis auf die Knochen von dem langen Weg in seine Träume. Und dann deuteten sie mit den Fingern auf ihn und fragten: Kennst du mich noch? Du hast mich erschossen.

Als ich das hörte, begriff ich, dass mein Großvater nicht nur die Orden und das Gewehr aus dem Krieg mitgebracht hatte. Die Männer, die er erschossen hatte, schleppten sich über Meere und Flüsse, Straßen und Hügel, ein paar Zentimeter pro Tag, mit einem Kompass, der untrüglich auf meinen Großvater deutete, und als sie ihn fanden, rochen sie wohl seine Träume, schmeckten sie auch, aßen sie auf, bis sie der einzige Traum waren, der in seinem Kopf noch übrig blieb, der einzige Traum, den sein Schlaf hervorbringen konnte, deshalb hörte er bald auf zu schlafen und lag nachts mit offenen Augen im Dunkeln.

Soviel ich weiß, hat mein Vater mit diesem Gewehr nie einen tödlichen Schuss abgegeben. Vielleicht wollte er verhindern, dass ihn irgendwelche Gespenster verfolgten, wenn sie ein vertrautes Geräusch hörten, vielleicht das letzte Geräusch, das sie im Leben gehört hatten, obwohl nicht er das Gewehr auf sie abgefeuert hatte, auch sein Vater nicht. Auf dem Gewehr des englischen Scharfschützen lasteten bereits Geister, die ihm folgten wie die weißen Schlangenlinien des Kielwassers einem Schiff. Mein Vater war im letzten Jahr des Zweiten Weltkriegs Fallschirmjäger und kein Scharfschütze gewesen, er musste meistens rennen und schießen, sich oft ducken und dann wieder rennen und schießen. Über den Krieg sagte er bloß, dass in den meisten Dörfern auf dem Weg zum Rhein alles zerstört gewesen sei, Trümmer, wo einst Fenster waren, Trümmer, wo einst Menschen waren. Und diese Zerstörung habe ihn von Waffen jeglicher Art kuriert.

Ich hingegen hatte die Enfield vor den jüngsten Ereignissen zweimal abgefeuert. Einmal hatte ich unter Anleitung meines Vaters ein verletztes Huhn erschossen und später, im darauffolgenden Winter, einen Fuchs, der auf die Lichtung gehumpelt kam und anscheinend von einem Bären verwundet worden war. Als ich mich dem Fuchs näherte, lief er nicht weg, als ich seinen Zustand sah, rührte er sich immer noch nicht, und als ich das Gewehr hervorholte, sah er mich und das Gewehr bloß an. Der Knall des Schusses erfüllte den Wald und warf den Fuchs zu Boden. Es ist nicht besonders ehrenvoll, Schmerzen zu haben und sie zu ertragen, geschweige denn, sie zu beenden. In Wahrheit habe ich nachts oft an den Fuchs denken müssen und ihm das Beste gewünscht, für den Fall, dass es wirklich ein Leben nach dem Tod gibt.

Ich will damit sagen, dass es mir nicht leichtfiel zu schießen. Ich hatte Angst vor dem Rückschlag und dem Geruch, dem toten, zerfetzten Geschöpf am anderen Ende des Laufs.

36

Claire stand im hellen Licht des Cafés und starrte mich an, als wollte sie mir das Wort »Leiche« – das, was sie gefunden hatten – nicht nur mit dem Mund, sondern auch mit den Augen sagen.

Manchmal füllen sich die Augen so schnell, als würde Wasser in einen Fingerhut gegossen, und man kann nicht alles gleichzeitig sehen, sondern muss sich entscheiden, was man betrachtet. Draußen hielt ein Streifenwagen, als sie von der Leiche sprach, aber ich blickte weiter Claire an, was mir schwerfiel, weil ich die Zeit vor mir sah, die ich mit ihr verbracht hatte, weil ich überlegte, was ihre Augen wohl in mir gesehen hatten, mich fragte, wie ihr das je hatte genug sein können, selbst für so kurze Zeit, und an das Gefühl ihrer Lippen auf meinem Mund dachte, an ihre Hände auf meinen Schultern.

Die Tür des Streifenwagens öffnete sich. Ich dachte an Hobbes, dachte, dass es richtig war, wenn der Mensch, der ihm das Leben genommen hatte, selbst tot war, auch wenn man mir jetzt vor Claires Augen Handschellen anlegen und mich abführen würde, fragte mich, ob sie mich verraten hatte. Am Ende kann einen nur jemand verraten, der einem nahesteht.

Seufzend schüttelte sie den Kopf und wandte zu meiner Erleichterung den Blick ab.

Sie haben das Gebiet zwischen Fort Kent und Allagash umkringelt, und innen drin noch mal den McLean Mountain. Das ist die Gegend, wo du wohnst, Julius.

Allerdings, sagte ich.

Ich beobachtete, wie ein Paar Polizeistiefel aufs Fenster zukamen und direkt vor der Scheibe stehen blieben, mit der Fußstellung eines Mannes, der Autorität besitzt.

Claire sagte: Sei bitte vorsichtig, Julius. Bist du sicher, dass da oben alles in Ordnung ist?

Was soll schon sein? Ich bin doch kein Jäger.

Ich betrachtete abwechselnd sie und die Stiefel.

Troy hat heute erwähnt, dass sie sich bei dir in der Gegend umschauen. Ich hab nichts gesagt, das würde ich nie tun, weder ihm noch sonst wem.

Ich wandte den Blick von den Stiefeln. Was solltest du denn sagen, Claire?

Nichts. Ich meine, gar nichts.

Die Polizeistiefel standen am unteren Rand meines Blickfelds, ihre Spitzen im aufziehenden Nachmittagsnebel auf das Café gerichtet. Claire hob den Blick und nickte in Richtung Fenster, stand dann auf und legte mir die Hand auf die Schulter: Mach's gut, Julius.

Ich blickte nicht auf, als Claire den Tisch verließ, und die Stiefel setzten sich in Bewegung und kehrten zurück zum Streifenwagen. Ein sehr gründlicher Mann, dieser Troy. Hoffentlich würde er sich weiter zu sehr auf mich konzentrieren und nicht mitbekommen, was direkt vor seinen Augen passierte, so wie es mir vor nicht einmal fünf Minuten ergangen war.

Plötzlich fragte ich mich, ob alles vorbei war. Sie mussten doch mehr als die eine Leiche entdeckt haben, im Wald nah bei der Hütte, und jetzt wartete Troy draußen, um Julius Winsome, den ehemaligen Gefährten eines Hundes, zu verhaften. Keine Suche mehr, die Suche ist für heute beendet – wir haben Sie gefunden. Ich überlegte, ob ich rausgehen und ihn in ein Gespräch verwickeln, die Distanz zwischen uns überbrücken sollte, damit würde er nicht rechnen, ob ich obendrein gute Laune versprühen und ihn doppelt überraschen sollte mit den Worten: Na, Troy, alles klar?

Irgendwer im Café bat die Gäste, still zu sein, während die Kellnerin sich auf die Zehenspitzen stellte, um den Fernseher lauter zu stellen, und dann kamen eine Reporterinnenstimme, ein Mikrofon und irgendein Wald, eine Kamera, die über den Waldrand, ein gelbes Absperrband und blinkende Lichter glitt. Dem Fernsehen kann man nirgends entgehen. Das Café war vom lauten Wind im Mikrofon der Reporterin erfüllt, der Ton voll aufgedreht, an den Tischen war es mucksmäuschenstill, und alle erstarrten. Ich sah Schnee auf dem Boden, demnach stammte der Bericht von heute, war es eine Live-Sendung. Ich glaubte dieselben Bäume vor dem Horizont gesehen zu haben, als ich meinen weiten Schuss abgab, also schien es um heute zu gehen.

Die Reporterin sagte, Freunde hätten die Leiche gefunden, die neue, die Weitschussleiche, doch die letzten Worte kamen aus meinem Mund, und ich murmelte sie zum Glück so leise, dass mich niemand hörte. Die Freunde seien vormittags mit ihm zur Jagd gegangen, sagte die Reporterin, hätten einen Schuss gehört und gedacht, das sei er gewesen, aber als sie eine Weile nichts von ihm sahen, seien sie zurückgegangen und hätten ihn schließlich im Unterholz gefunden.

Dieser Punkt bestätigte, dass es in dem Bericht tatsächlich um heute Mittag ging. Wenn die Kamera doch bloß in die Totale gehen würde, damit ich das größere Bild sehen und den Wald wiedererkennen konnte. Das war eine Erleichterung, dann bestand für meine Hütte zumindest noch keine Gefahr.

Der Mund vor dem Mikrofon redete weiter: Die Männer machten einen schrecklichen Fund, die Leiche ihres Freundes, unter Laub und Zweigen begraben, als sollte sie aufbewahrt werden; den Polizisten am Tatort zufolge war er nur wenige Minuten vorher erschossen worden.

Gut, aber hatten sie irgendwas gesehen, jemanden, der sich mit einem Gewehr entfernte? Und wo war Troy gerade? Mir schien, ich musste alles im Auge behalten.

Die Kamera zoomte zurück. Dann erschien am unteren Bildschirmrand eine Schriftzeile: Long Lake, St. Agatha. Was für eine Erleichterung, als ich sah, dass es der Tote von heute war und nicht die Männer, die weniger als zwei Kilometer von dort entfernt lagen, wo ich wohnte, und noch im Tod den Weg zu meiner Hütte gewiesen hätten. Im Fernsehen waren meine Fußspuren im Schnee zu sehen, aber vom Wind verwischt und zu tief, um nähere Einzelheiten erkennen zu lassen, und die Reporterin sagte, das Opfer, von der Polizei als einheimischer Jäger bezeichnet, sei aus etwa einem halben Kilometer Entfernung erschossen worden –

durch die Zähne, sofort tot, ein perfekter Schuss. Die Erwähnung dieses Punktes kam mir gefühllos vor. Was, wenn seine Familie zuschaute? Was dachte die Reporterin sich dabei? Plötzlich hielt sie die Hand ans Ohr, als würde sie horchen, wurde blass und nervös, und die Kamera schwenkte auf einen Polizeibeamten, der neben ihr stand.

Ausgesprochen brutal, sagte ein Polizeihauptmann in die Kamera. Entsetzlich.

Ich lebte in einer schnellen Welt. Gut eine Stunde vergangen, und schon hatte sich die Nachricht verbreitet.

Dann flimmerten weitere Nachrichten über den Bildschirm, frische Meldungen, eine raue Stimme, die Polizei sei inzwischen der Meinung, vielleicht sei ein Serienmörder, ein Heckenschütze, in und um Fort Kent und im westlichen St. John Valley am Werk.

Ich blickte nach draußen: der wirbelnde, verwaschene Nebel, aber kein Troy, keine Polizei. Sie warteten außer Sichtweite, oder sie warteten überhaupt nicht. Sinnlos, wie ein Opfer zu denken, und wenn sie da waren, in Ordnung. Zeit, nach Hause zu fahren.

Ich ließ das Visier in die Hülle gleiten und ging nach draußen, direkt auf den Supermarkt und meinen Pick-up zu. Als ich an einem Jungen und seiner Mutter vorbeikam, tippte ich an meinen Hut, lächelte den Kleinen an, und er lächelte zurück. Ich spürte, dass es arme Leute waren, und wenn ich Geld gehabt hätte, hätte ich dem Jungen ein Spielzeug oder irgendwas gekauft. Der Festbaum strahlte heller, als ich näher kam, er beleuchtete den Gehsteig und meine Stiefel, aber ich spürte in dem Licht keine Wärme, es war bloß Dekoration.

Die Einheimischen hatten sich vor dem Supermarkt versammelt, mittendrin ein Polizist, der nickte und die Arme hochhielt, dann den Kopf schüttelte und die Leute mit wedelnden Armen aufzuhalten versuchte.

Was ist mit der Polizei, warum könnt ihr den Kerl nicht schnappen?, fragte ein Mann. Zwei Männer kamen aus einer Seitenstraße, große, massige Männer mit großen Mänteln und Gewehren. Einer schwenkte sein Gewehr in der Luft und sagte: Jemand schießt auf uns, und niemand unternimmt was.

Der Polizist entgegnete: Wir geben uns Mühe, aber hier oben ist ringsum Wald, das weißt du ganz genau, Pascal, und außerdem wissen wir nicht mal mit Sicherheit, ob noch jemand erschossen wurde. Es ist noch zu früh.

Wie meinst du das?, rief der Gewehrschwenker.

Ich meine, dass ihr euch beruhigen sollt, erwiderte der Polizist. Ich meine, dass ihr weitergehen und nicht länger die Straße versperren sollt.

Ich stand neben der Menschenansammlung und versuchte, trotz des ganzen Gedränges und des Aufruhrs im kalten Nebel das Plakat zu lesen. Die Leute regen sich blitzschnell auf, die Bürger ziehen durch die Straßen, immer kurz davor, ihren Gefühlen freien Lauf zu lassen. Ein Toter eine halbe Stunde entfernt, und schon geraten alle in Harnisch.

Tatsächlich, ich konnte das Plakat zwar nicht lesen, aber ich sah eine neue Botschaft darauf, der Mann hatte wieder etwas geschrieben: eine schwarze Spinne aus Wörtern. Es standen bloß zu viele Leute im Weg. Ich wollte nicht auffallen, indem ich es mir aus der Nähe ansah. Darum beschloss ich, ins Café zurückzukehren und zu warten, bis sie sich zerstreut hatten wie der Schnee im Wind. Doch zuerst brachte ich das Visier in den Wagen, sinnlos, mir Ärger einzuhandeln, weil ich es mit mir herumschleppte.

Seit ich gegangen war, hatte sich das Restaurant mit Gästen gefüllt, die wegen der Nachrichten hergekommen waren, und man hatte zwei zusätzliche Fernseher aufgestellt, einen auf einem Tisch, den man extra abgeräumt hatte, also starrten die Leute auf verschiedene Apparate. Ich blieb zwischen den beiden Fernsehtischen stehen und suchte meine Kellnerin. Sie stand mit offenem Mund da, das Tablett vorgestreckt. Im ganzen Raum war es still, und mit all den sitzenden und aufrecht stehenden Körpern, die mich wie Bäume umgaben, hätte ich auch im stillen Wald sein können.

Kann ich eine Tasse Kaffee haben?, fragte ich niemand Bestimmten.

Jemand musterte mich von Kopf bis Fuß, als hätte ich etwas Schreckliches getan. Ich hatte doch bloß um einen Kaffee gebeten. Ich sah mich nach einem Tisch um, aber nur der mit dem Fernseher drauf war frei, deshalb zog ich einen Stuhl heran und setzte mich hinter den Apparat. Jetzt sahen mich alle an, ohne mich anzusehen. Es war seltsam, in dem Augenblick hatte ich das beste Versteck, die beste Tarnung in der Gegend, besser als jedes Loch tief im Wald. Ich saß hinter einem Fernseher, den alle anstarrten.

Die nächste Stunde verbrachte ich damit, dem Stakkato der schnellen, ängstlichen Worte zu lauschen – die zunehmenden Beweise, das schwindende Licht in St. Agatha, eine großkalibrige Kugel, eine Art Gefechtsmunition, Opfer sofort tot, und dann: Die Polizei hat eine Spur, Fußspuren. Ich konnte die Bilder nicht sehen, die die Stimme der Reporterin begleiteten, aber ich hatte die Fußspuren sowieso schon gesehen. Das Kinn in die Hand gestützt, beugte ich mich näher heran. Die Polizei hat eine Spur, na klar. Ich merkte, dass sie nicht die Wahrheit sagte, denn ihr Tonfall änderte sich, das Timbre. Man hatte sie gebeten, das zu sagen, um den Täter aufzuscheuchen.

Als ich das Gefühl hatte, dass es Zeit zum Aufbruch war, stand ich auf und ging, aber für die Leute im Café muss es ausgesehen haben, als sei ich dem Fernsehen entstiegen und käme mit den Worten auf sie zu: Ich bin der Mörder all dieser Männer. Seht ihr mich nicht? Draußen fiel mir auf, wie leer plötzlich die Straßen waren. Vielleicht weil es dunkel war und ein Mörder frei herumlief. Der Supermarkt hatte früh geschlossen, die Lichter ringsum brannten nicht mehr, und ich musste mich dicht zur Anschlagtafel beugen, denn die Schrift auf dem Plakat war winzig: *Rate mal, wer deinen Hund erschossen hat.*

Von dem Schreiber war nichts zu sehen, aber es war seine Schrift, das d war genauso geformt wie auf den anderen Plakaten. Also hatte ich den Scheißkerl. In diesem Fall hatte ich kein Recht gehabt, den anderen Mann heute zu erschießen. Aber er kam nicht mehr in Frage, genauso wenig wie alle anderen, die nicht im Wald bei der Hütte jagten. Wenn es zu weiteren Vorfällen kam, würden sie sich von jetzt an nur noch dort ereignen, auch wenn das auf lange Sicht Aufmerksamkeit erregte. Und ich behielt den Schal im Gedächtnis. Ich würde den Mann wiedererkennen.

Neben meiner Karteikarte hing ein Blatt, auf das jemand mit schwarzem Leuchtstift geschrieben hatte: »Gesucht wird der Mörder von Henri Dupre am Long Lake. Hinweise auf den Täter an die Sheriffbüros von Fort Kent oder St. Agatha.« Das war kein offizielles Plakat. Ein wütender Bürger. Ich überlegte, ob ich eine Zielscheibe um das Wort »Mörder« zeichnen und es mit einem X durchkreuzen sollte, aber dafür gab es keinen Grund, es hatte keinen Sinn, so grausam zu sein.

Ich nahm meine Karte von der Tafel. Es hatte wieder zu schneien begonnen, dichter, wirbelnder Schnee. Bald war es Zeit, die Schneeketten anzulegen und eine Schaufel mitzunehmen, damit ich mich freigraben konnte, wenn ich von der Straße rutschte, besonders oben im Wald. Ganz plötzlich war die Jahreszeit dafür gekommen. Und sie würde fünf, sechs Monate dauern.

Am Morgen hatte ich Hobbes' Sachen weggeräumt, bevor ich nach St. Agatha fuhr. In der Hütte konnte ich nirgends hinblicken, ohne ihn zu sehen, und alles, was da war, kollidierte in mir immer wieder so stark mit dem, was weg war, dass ich mich eine Weile hinsetzte und beschloss, die Sachen wegzuräumen, sein Kissen und seine Bürste und alles, und im Zimmer gegenüber meinem Schlafzimmer zu verstauen, wo mein Vater früher geschlafen hatte. Und was sollte ich auch mit dem Seil anfangen, an dem er immer zog, mit dem Knoten, den ich hineingeschlungen hatte, um es besser festhalten zu können? Ein kleiner breitbrüstiger Terrier ist erst dann richtig glücklich, wenn er am anderen Ende eines Seils zerren kann, knurrend und zugleich mit dem Schwanz wedelnd, als Zeichen, dass er spielt. Wenn ich so geistesgegenwärtig gewesen wäre, hätte ich ihn mitsamt dem Seil begraben, doch inzwischen hatte ich das Gefühl, dass er nicht zu einem anderen Leben erwachen würde und kein Spielzeug mehr brauchte, dass es für ihn diese Welt oder keine war. Alles, was er im Leben geliebt hatte, beschwor sofort sein Bild herauf, einen Hund aus Gedanken, durch Gedanken hervorgebracht und festgehalten, und wenn man sich einmal der Erinnerung überlässt, kommt man nie wieder los.

Ich erinnerte mich nur an Teile von ihm, die durch einen so schmalen Spalt hereindrangen, dass nicht alle auf einmal hindurchpassten, oder es gab nur soundso viele Erinnerungen, und mehr waren nicht möglich: Er schlief auf dem Sofa, mit dem Kopf zur Schlafzimmertür, er weckte mich morgens mit gebleckten Zähnen, denn manche Hunde können lächeln, und dasselbe passierte, wenn ich den ganzen Tag weg gewesen war und er die allein verbrachte Zeit spürte. Immer wenn er die Zähne fletschte, keinen Ton von sich gab und mit dem Schwanz wedelte, lächelte er mich an. Wie viele Leute wissen so etwas schon? Ein Hund lächelt, und sie schlagen ihn dafür.

Ich fuhr die Main Street entlang auf die beiden Gestalten zu, die ein paar Autos weiter mitten auf der Straße neben einem Streifenwagen standen. Als ich an der Reihe war, hielt mich einer der Polizisten an, und ich sah, dass es derselbe Mann war, der mich am Morgen auf der Landstraße gestoppt hatte, doch der andere hielt ihn zurück, winkte mich weiter und starrte mich an, während ich vorbeifuhr. Ich sah, dass es Troy war, und machte keine Anstalten, ihn zu grüßen, da ich wusste, er würde den Gruß nicht erwidern, ich dachte nur an das Gewehr, das in eine warme Decke gehüllt hinter dem Sitz lag. Ich hörte wieder Claires Frage: Was machst du, Julius?

Vielleicht hatte sie ihm tatsächlich etwas gesagt. Aber was? Sie war seit vier Jahren aus meinem Leben verschwunden, was sollte sie da schon wissen? Claire wusste rein gar nichts von mir.

Während ich an den letzten Straßen von Fort Kent vorbei in die offene Landschaft fuhr, warf ich einen Blick auf die erleuchteten Zimmer und die Menschen darin. Schon bald schneite es ununterbrochen. Es war Spätnachmittag, und auf der Straße nach St. John kam mir im Schnee ein Wagen entgegen, dessen Scheinwerfer sich von einem Paar leuchtender Münzen zu einem blendenden Licht entwickelten, das wie Wasser auf meine Windschutzscheibe spritzte, dann das vorübergleitende Dröhnen eines Motors und dann nichts mehr, bloß noch das blaue Band der Straße und der von Osten nach Westen kippende Himmel, das uhrwerkmäßige Flappen der Scheibenwischer. Bei meiner Rückkehr war die Hütte mit leuchtendem Pulverschnee bedeckt.

37

Für den Fall, dass die Polizei unterwegs war, um die Hütte zu umstellen, oder sich schon mit gezogenen Waffen im Wald befand, beschloss ich, das Licht auszulassen und auch kein Feuer anzuzünden. Ich stand im Dunkeln und sammelte meine Gedanken. Aber nach einer Viertelstunde spürte ich bloß noch die Kälte, meine Finger und meine Knie taten weh, und es erschien mir äußerst verlockend, ein paar Holzscheite aufzulegen und etwas Wärme in meine Gelenke zu bringen. Ich schlug mit den Armen und hüpfte ein paarmal auf der Stelle, drehte die Hüften. Dann ging ich zum Fenster und berührte die Eisblumen an der Scheibe. Mein Finger klebte kurz fest, bis ich ihn behutsam wegzog. Der Holzofen, das schwarze Herz der Küche, war ohne seine Flammen eiskalt. Mein Vater hatte einmal gesagt, dass all die Bücher zur Isolierung des Hauses dienten, und jetzt spürte ich sie, aufgereiht zwischen mir und dem rauen Winter draußen, der die gewaltige weiße Stille aus

Kanada in jeden Spalt des Hauses presste. Das Papier der Bücher war aus Bäumen gemacht und schützte mich genau so, wie die Worte es einmal getan hatten.

Ich starrte auf die Blumenbeete hinaus und sagte: Jetzt friere ich genauso wie du, Hobbes.

In der Finsternis sah ich meinen Vater vor dem Feuer sitzen, die Socken zum Ofen gestreckt und ein Buch in der Hand. Was hielt er noch in der Hand? Seine Pfeife. Wo war die? Ich überlegte und kam zu dem Schluss, dass die Polizei, wenn sie draußen wäre, inzwischen bestimmt an die Tür geklopft oder sich ohne Ankündigung Zutritt verschafft hätte. Also zündete ich ein Streichholz an und wartete, ob draußen jemand auf mich zielte und eine Kugel die Scheibe durchschlüge. Kein Schuss ertönte, und ich spürte auch keine Wunde. Mit dem brennenden Streichholz leuchtete ich in den Wandschrank, bis ich die Holzschachtel mit der englischen Pfeife meines Vaters entdeckt hatte. In den Schützengräben des Ersten Weltkriegs war der Mann, der sich als Erster eine Zigarette anzündete, am wenigsten gefährdet, weil dieser Funke erst Aufmerksamkeit erregte. Der Nächste war in größerer Gefahr, weil der Scharfschütze das Licht ins Fadenkreuz nahm, doch der Dritte in der Gruppe, der sich eine Zigarette anzündete, war ein toter Mann. Nach dem dritten Strike ist man draußen.

Auf dem Fußboden kniend, zog ich den Pfeifenkopf ab und klopfte ihn aus, füllte ihn dann mit dem englischen Tabak, der in derselben Schachtel aufbewahrt war, setzte mich und paffte im Dunkeln. Ein bisschen schal, der Rauch, aber auch ein Vergnügen, der erste Geschmack, der Geruch, der die Gedanken schweifen ließ, und diese beiden Sinne brachten mir meinen Vater noch deutlicher in Erinnerung. Jetzt konnte ich hören, wie er die Seiten umblätterte und mich zu sich rief, wie er mir eine gute Stelle zeigte und mich fragte, was ich davon hielte, und dann lauschte er die ganze Zeit meinen Worten, nickte und sagte, für einen kleinen Jungen sei ich sehr klug. Er hatte eine liebenswürdige Art.

Eine Stunde verstrich, und die Kälte schleuderte Steine in meine Finger und Knie, die Muskeln zerrten an meiner Wirbelsäule. Außerstande, die Kälte länger zu ertragen, schleppte ich mich auf die Lichtung hinaus und hob die Plane an, um mir ein paar Holzscheite zu schnappen. Der aufgehende Mond knipste im Wald sein eigenes Licht an.

Niemand schoss auf mich, als ich die Scheite in die Hütte schleppte, niemand schoss, als ich die Ofentür öffnete, die Scheite aufschichtete und das Papier darunter anzündete, niemand schoss, als ich Teewasser heiß machte und mich mit der Shakespeare-Liste auf den Gartenstuhl setzte, niemand schoss, als ich die erste Seite vors Feuer hielt und im Licht der Flammen unter der glühenden Pfeife die Wörter las. Der Abend war gekommen, und die Dunkelheit schlich mit ihren eigenen Waffen, hauptsächlich Einsamkeit und Stille, an den Wänden entlang und zielte damit aus allen Ecken gleichzeitig auf mich. Leichtsinnig versuchte ich, das Feuer weiter anzufachen, bis ringsum alles von Rauch erfüllt war und ich die Hüttentür öffnen musste, damit er abzog und zusammen mit der warmen Luft in die Nacht hinauswirbelte. Schlecht für die Bücher und meine Lunge, für Augen und Atem. Ich stellte mich an die Tür und beobachtete, wie er in der Dunkelheit verschwand. Wenn sie auf mich warteten, war jetzt der Moment gekommen.

Als der Rauch größtenteils verschwunden war, ging ich wieder hinein und zog die Stiefel aus, um meine Socken in der Wärme dampfen zu lassen. Urplötzlich hatte ich mich in meinen Vater verwandelt, so läuft das anscheinend. Im Feuerschein sah ich mir eine weitere Liste an: *Entmummen* bedeutete entdecken, *blankziehen* ein Schwert ziehen und *gefitticht* schnellfüßig. Ich roch wieder die Tinte, mit der ich die Wörter geschrieben hatte, vor fast vierzig Jahren, spürte die Beschaffenheit des Papiers und den Blick meines Vaters, während ich die Buchstaben schnörkelte, und der Trost seiner Gesellschaft kam mir vor wie ein Mullverband um meinen Körper.

38

Der Tod meines Vaters war abgemessen wie eine tassenweise geschluckte Substanz, die sein Leben beenden sollte, klaglos und würdevoll hingenommen. Ein Jahr lang war sein Atem stetig flacher geworden, und die Entfernungen zwischen den Einrichtungsgegenständen im Haus, die Schritte vom Bad zum Stuhl, vom Stuhl zu seinem Bett, wurden für ihn immer länger. Es war gut, dass er gern las, denn Lesen erfordert kein zusätzliches Atmen, und tagsüber merkte man kaum, dass der Tabak seine Lunge zerfraß, nur morgens und abends, wo er sich, hauptsächlich in den letzten Monaten, die Seele aus dem Leib hustete.

Der Arzt in Fort Kent horchte jedes Mal sorgfältig Brust und Lunge ab und schüttelte den Kopf, wenn ich mit ihm sprach, während mein Vater draußen im Wagen wartete. So machten wir das – der Arzt gab mir den Befund, und ich sagte es meinem Vater, der Arztbesuche verabscheute, das war die einzige Möglichkeit, ihn dort hinzubekommen:

Ich erhielt die Botschaft und übersetzte sie. Meistens sagte der Arzt, er solle aufhören, Pfeife zu rauchen, und ich übersetzte es als: Du sollst weniger rauchen.

Beim letzten Mal stieg ich zu ihm in den Wagen.

Und?, fragte er.

Der Arzt sagt, dass du noch einen Monat zu leben hast. Das ließ sich nicht übersetzen.

Mit einem Nicken sagte er: Tja, das war zu erwarten. Mach dir keine Sorgen, Julius. Du kannst dich um das Haus und die ganzen Bücher kümmern.

Schweigend fuhr ich ihn nach Hause. Ich fragte mich, ob meine Mutter wohl auf ihn wartete, und wenn ja, wo, ob der Mann, den ich kannte, derselbe war, den sie kannte, und dachte, dass ich ihn nie gefragt hatte, was ich von meiner Mutter hatte und was von ihm. All das ging mir durch den Kopf, während ich ihn schweigend nach Hause fuhr.

Drei Wochen später stand er nicht mehr vom Stuhl auf, und ich hüllte ihn in Decken, schob ihm ein Kissen hinter den Kopf und ließ das Feuer brennen, obwohl schon April war. Er schlief auch dort, und aus ein paar Holzscheiten errichtete ich einen Schemel. Sein Atem ging immer lauter, zwei Tage lang hatte er Schüttelfrost. In dieser Zeit konnte er nicht mehr sprechen. Ich sah, wie sich seine Pupillen verengten, und wusste, dass er mich sehen konnte, dass ich noch in seinen Augen war. Ich lenkte mein Spiegelbild durch seine Augen, ging mit Holzscheiten fürs Feuer und anderen Sachen hin und her, um ihm das beruhigende Gefühl zu geben, dass ich da war und ihn nicht allein ließ. Am dritten Tag kam seine Stimme zurück, er bat um etwas Shakespeare, als würde er in einem Restaurant irgendwas von der Speisekarte bestellen, und ich wartete bei den Regalen, bis er sich etwas ausgesucht hatte.

Ich nehme die Gedichte, sagte er, während ich seinen Hinterkopf betrachtete.

Im Nu brachte ich ihm das Buch: *Gesammelte Sonette*, erschienen 1843 in London. Dann las er in singendem Tonfall daraus vor:

Die Zeit des Jahres kannst du an mir sehn,
Wenn, kaum mit wenig gelbem Laub behangen,
Die Zweige zittern in der Fröste Wehn …

Er hielt inne, während das Wort in seiner schwachen Stimme nachklang, und wartete einen Augenblick, bevor er die nächste Zeile zu lesen begann. Ich ging um den Stuhl herum und stellte mich vor ihn. Lächelnd blickte er mich an. Ich erwiderte seinen Blick, und nach einer Weile erkannte ich, dass seine Pupillen nichts wahrnahmen, dass kein Licht mehr zu ihnen durchdrang, und von da an war ich nicht mehr in ihm, sondern nur noch in mir selbst. Ich konnte ihm nichts mehr erzählen, ihm nicht mehr sagen, wie gut ich dies oder jenes gemacht hatte.

Von weit her kamen Männer, mit dem Zug oder mit dem Auto, das letzte Stück bis zum Friedhof zu Fuß, und nahmen diesem Mann zuliebe, der mit ihnen beim Militär gewesen war, am Grab Haltung an. Die kleine Kirche in Fort Kent hatte selten erlebt, dass so viele Corporals, Sergeants und einfache Soldaten zusammen an einem Grab standen. Ich sah Schlachten in ihren Augen, die von vielen längst vergessen waren, die einige gar nicht kannten, und bemerkte, wie manche von ihnen mit ihm in das Loch in der Erde fielen, ich meine den Teil von ihnen, der sich an ihre Angst und die Trümmer ferner Städte erinnerte, den Teil, der gehofft hatte, dass es hinterher besser sein würde. Das erhoffen die kämpfenden Soldaten sich immer, hatte mein Großvater gesagt, aber wie es weitergeht, wird von Leuten entschieden, die nicht gekämpft haben. Von jenem Tag bis zu dem Augenblick, in dem Claire viele Jahre später aus dem Wald trat, gelang es mir, allein zu leben, vielleicht aus Gewohnheit, vielleicht auch meinem Vater zu Ehren. Ich lernte den Verlust kennen, er war mir nicht fremd, da mich jeder Winkel und jede Bank in Fort Kent an meinen Vater erinnerte, all die Orte, an denen er gewesen war. Wie oft – gerade in den Wochen direkt nach seinem Tod, dem Tod eines Mannes, mit dem ich die ersten dreißig Jahre meines Lebens verbracht hatte – ging ich an seinem Grab vorbei, wenn ich Milch und Brot kaufen wollte, und fragte mich, ob man so eine Erfahrung wie eine Lampe ausschalten konnte.

Ich saß im Dunkeln und dachte an diese Dinge, um mich zu beruhigen, vielleicht zu meiner Sicherheit, ein kleiner Trick der Natur zum Schutz von Julius Winsome.

Das Feuer brannte hell, und es kam immer noch keine Kugel durchs Fenster geflogen, doch dieser Freitagabend kam mir lang vor, denn ich lauschte auf Gespenster im Wald und träumte halb von Claire, vermutlich weil ich sie in kurzer Zeit zweimal gesehen hatte, doch die Träume und das Lauschen tauschten oft ihre Plätze, während ich zwischen beiden auf dem Stuhl saß, mal träumte, dass Claire lauschte, mal sah, wie sie mit einem Gewehr in der Hand im Wald stand, mich beobachtete und darauf wartete, dass ich aus der Hütte kam. Sie schießt, ich halte mir ein Buch vor die Brust, die Kugel bohrt sich in die Wörter und bleibt stecken, bevor sie in mein Herz dringen kann.

Ich hatte genug vom Schießen.

39

Erst als ich am nächsten Morgen auf dem Stuhl erwachte, wusste ich, dass ich in der Nacht geschlafen hatte. Von den letzten Stunden vor Tagesanbruch, die ich in tiefem Schlaf und ohne Decke verbracht hatte, fühlte ich mich wie gerädert. Steifbeinig ging ich an den Bücherregalen entlang, durch den dunklen Gang. Ich klatschte in die Hände, um mich aufzuwärmen. Wasser für den Tee, das Feuer, neue Scheite vom Holzstoß und keine Fußspuren auf der Lichtung, das war gut. Ein schöner, frischer Samstagmorgen, der Himmel blau, eine Wolke, von einem leichten Wind getrieben, die Ruhe vor dem Frost, einen Tag vor dem Fest. In Fort Kent würden die Kinder aus dem Bett hüpfen und ans Fenster laufen, würden denselben Himmel, dieselbe Wolke sehen. Dann rennen sie zu ihren Eltern und erinnern sie daran, dass am nächsten Tag das Vogelscheuchenfest stattfindet. In sieben Wochen werden sie am Tag vor Weihnachten aufwachen und den Baum betrachten, werden überprüfen, ob er noch dasteht und erleuchtet ist und bereit für die Nacht, ob darunter genug Platz ist für den nächtlichen Besucher, der vielleicht schon ein kleines Pünktchen über den Kontinenten ist, der ewige Vater, der die Zügel hält, der jeden Schornstein und die Namen aller Kinder kennt. Ich wünschte ihnen alle erdenkliche Freude, jedem Einzelnen, und dass er ihnen etwas mitbrachte. Wenn ich ein Kind hätte, würde es natürlich gern lesen, bei all den Büchern. Aber ein Kind braucht Freunde, auch am Wochenende, deshalb würden wir oft in die Stadt fahren, ich konnte ja im Café warten. Solche Gedanken wärmten mich an jenem Morgen, bis das Feuer zu lodern begann.

Ich zündete die Pfeife meines Vaters an und goss einen Schluck von dem Sherry aus dem Wandschrank in ein Kristallglas, das für besondere Anlässe vorgesehen war. Dann ging ich an den Regalen entlang und überlegte, welches Buch ich mir an diesem Tag aussuchen sollte: Am Ende fiel mir die Entscheidung wirklich leicht. Ich zog Charles Dickens' *Weihnachtsgeschichte* hervor. Sieben Wochen zu früh, aber geeignet, um in die richtige Stimmung zu kommen. Und vielleicht würde ich bald Besuch erhalten, von einem Mann, der eine Frage hatte, einem Mann, der ein Gewehr hatte. Dann sollte ich draußen sein.

Den Sherry auf dem Buch balancierend, schleifte ich eine Decke aus dem Schlafzimmer hinter mir her und ging nach draußen, warf die Bettdecke neben Hobbes' Grab über einen Stein, trank das Glas aus und las ungefähr eine Stunde lang, um ihm das Gefühl zu geben, das er bei mir einmal gehabt hatte. Dennoch war es ziemlich kalt, und als ich schließlich ins Haus ging, fehlte mein Freund mir bei jedem Schritt. Doch in meinem Kopf war eine Leichtigkeit, die sich vielleicht in der vorigen Nacht dort eingeschlichen hatte, die Vorstellung, dass er seinen Frieden gefunden hatte und ich ihn auch finden musste. Ich war für solchen Frieden und solche Ruhe wieder bereit.

Eine knappe Viertelstunde später, am Samstagvormittag mit meinem zweiten Sherry in der Hand, nach achtunddreißig Seiten Dickens behaglich auf dem Gartenstuhl sitzend, hörte ich, wie ein Schuss durch den Wald hallte.

40

Manche Leute schießen auf alles, was sich bewegt, auf alles, was fliegt, kriecht oder schwimmt, auf alles, was lebt, ein Fell oder Gefieder hat, groß, klein, dick oder dünn ist, auf Kragenhühner, Waldschnepfen, Truthähne, Fasane, Weißwedelhirsche, Schwarzbären, Elche, Mäuse, Ratten, Wühlmäuse, Kaninchen, Biber, Luchse, Waschbären, Kojoten, Bisamratten, Eichhörnchen, Otter, Füchse, Nerze, Wiesel, Stinktiere oder Stachelschweine, sie tun es an schönen Tagen, das am liebsten, aber auch an nassen Tagen, an Tagen, die weder schön noch nass sind, obwohl Jäger die Kälte in der Luft mögen, den feuchten Geruch von Rinde, die Veilchen auf dem Waldboden, die im Nebel am Seeufer herumstreifenden Hirsche, all das löst in ihrem Blut eine tiefe Freude aus, und wenn es sie glücklich macht, dann soll es so sein, aber mein Vater beklagte sich oft, wenn in einer Minute fünf, sechs Schüsse fielen, und sagte, es falle ihm schwer zu lesen, wenn draußen gerade eine Breitseite abgefeuert werde. Wenigstens hörten wir nie ein Tier schreien, doch eines Tages legte mein Vater sein Buch zur Seite und ging im Wohnzimmer auf und ab, die Hände hinter dem Rücken verschränkt, leicht vorgebeugt, den Blick einen Schritt vor seinen Schuhen auf den Boden gerichtet.

Er sagte: Ein Scharfschütze in der Schlacht wartet drei Stunden lang reglos auf den Augenblick, in dem er auf jemanden anlegt, der zurückschießt oder ihm die Artillerie auf den Hals hetzt, wenn er nicht trifft. Diese Leute da draußen, sagte er und deutete, ohne hinzusehen, mit dem Finger aus dem Fenster, die schießen auf etwas, von dem sie genau wissen, wo es hinläuft und dass es nicht zurückschießt: Da muss man sich keine Sorgen machen, wenn man seinen Standort verrät oder das Mündungsfeuer und der vom Lauf aufsteigende Rauch zu sehen sind. Schlimmstenfalls trifft man nicht, oder der Schuss ist nicht tödlich, und das Tier macht sich blutend auf die Suche nach seinen Jungen.

Das waren für meinen Vater viele Worte. Er setzte sich und blätterte wieder zu seiner Seite, aber es war zu spät, ich hatte gehört, was die Schüsse in ihm ausgelöst hatten. In jener Nacht träumte ich von einem gefiederten Bogenschützen, der auf eine Nachtigall in den Zweigen einer Zypresse zielte.

Mit zwölf oder dreizehn ging ich oft bei uns im Wald spazieren, doch mein Vater hatte mir genau erklärt, wo ich nicht hingehen durfte. Eines Tages fand ich neben einem Pfad, der mir verboten war, eine rostige, an einen Baum gekettete Eisenfalle, die zugeschnappt war. Rechts im Unterholz lag ein Puma. Vor Angst umklammerte ich einen Baum, bis ich im Sonnenlicht über der Falle Fliegen kreisen sah und den Stumpf eines abgerissenen Vorderbeins bemerkte. Weinend lief ich nach Hause. Mein Vater erklärte mir das Ganze: Das Tier war in eine versteckte Jagdfalle getreten und hatte zuerst das eigene Fleisch und die Sehnen und dann noch die Knochen durchgebissen und sich losgerissen. Die Tiere, die das nicht täten, sagte mein Vater, versuchten ein paar Tage lang, das Bein herauszuziehen, bis der Hunger schlimmer sei als die Schmerzen, und dann bekämen sie Krämpfe und sähen vor Hunger seltsame Dinge, bis der nahende Tod sie beruhigte. Aber die Qualen der Katze seien vorbei. Zu der Frage, die ich nicht stellte, sagte er, manche Menschen müssten anderen Geschöpfen Schmerzen zufügen, um selbst weniger Schmerzen zu haben.

Bald gelangte ich in meinem Leben an einen Punkt, wo ich auf Menschen zu achten begann, die der Hütte und den Tieren, die wir hielten, zu nahe kamen. Mit zwanzig oder so sah ich einen Mann, der eine Flinte Kaliber 12 um die Schulter geschlungen hatte, am Teich nach einem Tier Ausschau halten, das er erschießen könnte. Wir hatten damals ein zahmes Entenweibchen namens Cinder, das manchmal dorthin flog, es lebte schon seit vier Jahren auf der Farm, und das dazugehörige Männchen planschte gerade im Wasserbecken, um sich zu putzen. Ein paar Minuten vorher hatte ich die beiden noch auf der Farm einander rufen gehört. Also beobachtete ich den Mann vom Waldrand aus. Er sah unglücklich aus, schütteres Haar, dickbäuchig, das Flanellhemd aufgekrempelt, die Arme zerkratzt, und starrte reglos und stumm auf den von Pflanzen gesäumten leeren Teich. Vielleicht war Cinder dort unten, der Mann würde sie entdecken und schießen, und sie würde den Schrothagel nicht überleben. Ich bewegte mich, und er schaute zu mir herüber. Ich grüßte ihn nicht. Er murmelte irgendwas, ging links am Teich entlang und verschwand zwischen den Bäumen. Ich setzte Teewasser auf und wartete darauf, dass er zurückkam, weil ich dachte, er würde sich erst zufriedengeben, wenn er diesen Tag auf seine Art vollendet hatte. Aber ich irrte mich: Der Mann kehrte nicht zurück.

Mir schien, dass den Leuten draußen in der Welt niemand erklärte, wo sie nicht hingehen durften. Im Sommer hatte ich einen Ring aus Blumen, der den Wald abhielt, im Winter einen Ring aus Büchern, der die Kälte abhielt, damit ich mich für die Monate der Stille ins Haus zurückziehen konnte. Und um mich herum gab es noch einen anderen Ring, die Tiere, die sich wegen des Futters versammelten, das ich ausstreute, die Vögel, die im Winter auf Samen hofften und sich dafür im Frühling die Seele aus dem Leib sangen. Sie lebten in einem Umkreis von vielleicht hundert Metern, und am Ende überließen sie sich friedlich dem Tod. Manchmal fand ich einen Vogel, der tot im Wald lag, eine Maus, die sich neben einem Stein zusammengerollt hatte. Hoffentlich konnte auch ich einmal so gut sterben. Vielleicht ist das ein Naturtrieb, das behaupten die Menschen zumindest. Aber man versuche mal, einen Menschen von etwas abzuhalten, was er unbedingt will: Die Leute lassen sich nicht zügeln, sie lassen sich nicht abbringen, auch sie sind an ihre Absichten gekettet, auch das könnte man als Naturtrieb bezeichnen. Die Triebe beherrschen uns alle.

Ich versuchte, noch ein bisschen zu lesen, doch ein anderes Thema hatte sich meiner Gedanken bemächtigt. Mein Leben war schlicht, kein Kirchturm, der an den Wolken kratzte, kein städtisches Leben, keine Geburtstage, Hochzeiten oder Wochenenden, nur ein paar Blumen, die den Wald abhielten, eine Anzahl Enten und Perlhühner, die nachts in den Zweigen raschelten. Ein Leben, das ich mir selbst ausgesucht hatte. Das erinnerte mich wieder an Hobbes, aber ich hatte ihn nicht verlassen, und er mich auch nicht. Sein Verlust kratzte in meinem Magen wie Sackleinen, mein Gefährte der letzten Jahre, aber niemand würde das Grab besuchen, in dem er mit seinem unbedeutenden Leben lag, oder auch nur wissen, wer er gewesen war. Und jetzt diese ständigen Schüsse, die mich an alles erinnerten.

Während der nächsten Stunde hielt ich das Buch in Händen und lauschte den Schüssen, die laut und deutlich durch den Garten hallten. Nach dem Klang und der schnellen Schussfolge zu urteilen, handelte es sich um zwei Schützen, die weniger als zwei Kilometer entfernt waren, und jedes Mal, wenn ich mich in dem Roman verlor, verscheuchten die Schüsse die Wörter und schreckten mich auf, bis sich meine Gedanken ganz von dem Buch abwandten und zu Gewehren zurückkehrten. Mir wurde klar, dass ich den Jäger, der Hobbes erschossen hatte, wohl noch nicht erwischt hatte, dass er sich vielleicht noch in der Gegend herumtrieb.

Von den beiden Gewehren, deren Schüsse unerbittlich aus dem Wald schallten und in den letzten Minuten auch näher gekommen waren, kam mir der Klang des einen bekannt vor. Etwas wurde in mir wieder aufgewühlt, dieser tief verankerte Trieb, der die Oberhand über mich gewann. Die Leute brachten es nicht fertig, anderen ihre Ruhe zu lassen, überall machten sie einen grässlichen Lärm.

Plötzlich befürchtete ich, an einem Punkt angelangt zu sein, wo das Leben mir alles Nötige beigebracht hatte. Ab jetzt würde sich alles nur noch im Kreis drehen, immer wieder dasselbe, jedes Mal schwerer zu ertragen. Wenn ich ein Kind oder irgendwen hätte, hätte ich ihm alles erzählen können, was ich im Lauf der Jahre gesehen und gehört hatte, aber dazu würde es nicht mehr kommen. Immer im Kreis herum, das Leben von Julius Winsome, tagein, tagaus.

Ich wurde aus den Büchern meines Vaters herausgeschossen.

Jedes Jahr wagten sich immer mehr Jäger, immer besser ausgerüstet, tiefer in den Wald, erst zufrieden, wenn sie etwas erlegt hatten. Und wenn ich bei der ganzen Schießerei nicht lesen konnte, wozu brauchte ich dann die Bücher? Dieser Gedanke ließ mich nicht los, und ich stellte mir vor, vielleicht weil ich noch nichts gegessen oder der Sherry mein Blut in der Gewalt hatte, vielleicht auch weil ich in der Luft spürte, dass irgendetwas sich näherte, keine Ahnung, ob ein Unwetter oder ein Mensch, jedenfalls stellte ich mir vor, dass ich ins Haus ging, mir so viele Bücher schnappte, wie ich auf einmal tragen konnte, sie auf die Lichtung hinausbrachte und am Rand des Blumenbeets aufstapelte. Und dann noch einen Arm voll, jeden Meter einen Stapel, bis alle am Waldrand aufgereiht waren. Was nützten mir die Bücher jetzt noch?

Wenn ich das täte, wäre es am besten, sie zu verbrennen, sie keinem anderen zu überlassen, aber kein großes, stark qualmendes Feuer, denn sonst kämen im Nu Leute mit Eimern und guten Absichten angerannt, und Sirenen würden die Luft zerreißen. Wenn ich Aufmerksamkeit erregen wollte, dann gab es keine bessere Möglichkeit, als meinen Namen mit Rauchschwaden in den Himmel zu schreiben. Wirksamer wäre ein kleines, verborgenes Feuerchen, und dann noch eins und noch eins, haufenweise brennende Wörter, bis die ganze Bibliothek ohne viel Wirbel oder Aufmerksamkeit verschwunden war. Don Quichotte? Ein Mann, der meinem Vater zufolge so viel Wissen im Kopf hatte, dass es ihm den Verstand raubte. Das Parlament der Vögel? Solche Anmut war längst verschwunden, längst von geringem Nutzen.

Aber es war auch sinnlos, die Bücher anzuzünden. Die Schneeflocken würden sich auf jede kleine Flamme legen und sie ersticken, und ich fragte mich, ob ich inzwischen tatsächlich so dumm war zu glauben, ich könnte meine Kindheit, ja fast mein ganzes Leben verbrennen, aus einer Laune heraus oder weil irgendwelche Männer an einem Frühwintermorgen im Wald herumballerten.

Die Bücher würden bleiben, wo sie waren. Stattdessen musste ich mich um diese Gewehre kümmern.

41

Ich ging wieder ins Haus, um mir ein drittes Glas Sherry zu holen, und setzte mich neben das Blumenbeet, wo mein Gefährte einen halben Meter tief in der Erde lag.

Er war in der Erde vergraben, und die Erde steckte in seinem Namen: Terrier, aus dem Lateinischen, ein Hund, der immer nach Beute gräbt. Und dennoch, wenn ich ein Baby auf die Lichtung gelegt hätte, hätte der Pitbullterrier, der in Hobbes steckte, dieses Baby vor Bären geschützt, vor Pumas, vor allem, was im Wald herumstreifte, ob Mensch oder Tier, denn es war seine Aufgabe, das Baby zu schützen, und sei es mit dem eigenen Leben. Aber man muss sie nicht hungern lassen oder anketten, um sie scharf zu machen, das ist ihnen angeboren, sie kommen schon so auf die Welt. Stimmt schon, ich hatte ihn wie ein Baby behandelt, und viele Leute dürften es missbilligen, ein Tier zu behandeln wie einen Menschen, wo es doch so viele Hungernde gibt, warum gibt man nicht erst denen etwas zu essen? Bestimmt gaben sie diesen Hungernden selbst etwas zu essen, wenn sich ihnen die Gelegenheit bot: Davon hatte ich keine Ahnung. Viel Glück und alles Gute für sie. Sollten sie doch in ihrer Welt leben, solange sie sich aus meiner fernhielten. Das Problem mit solchen Leuten ist, dass sie nicht in ihrer eigenen Welt bleiben können. Und zwei von ihnen hatten sich jetzt offenbar an einen Ort verirrt, wo sie nicht hingehörten. Ich stand auf, ging zum Waldrand und rief in die Bäume hinein: Es ist Neuschnee gefallen, könnt ihr nicht verschwinden?

Ein paar Stunden ignorierte ich sie, so gut ich konnte. Ich las in den Shakespeare-Listen: von *Erstling* und *Flanker* bis *Wirrung, Gauch, Galloglass, Mengelmus* und *Schlund*. Das gefiel mir. Doch die Schüsse hörten nicht auf, die beiden verschossen so viel Munition wie eine ganze Kompanie.

Es stimmt schon, meine Gedanken hatten sich rasch verdüstert, waren so schwarz wie die Welt, in der Hobbes sich befand. Ich konnte das Ganze nicht genießen und legte die Liste weg, zog meinen langen Mantel an, ging in die Scheune, stellte den Sherry auf die Werkbank, nahm die Enfield aus der Hülle, füllte neue Patronen ins Magazin und schlang sie mir um die Schulter. Ich sah noch einen Satz Patronen griffbereit auf der Werkbank liegen und wollte sie mitnehmen, doch sie hätten mir nur schwer in der Tasche gelegen, darum ließ ich sie zurück. Auch den Fernrohraufsatz nahm ich nicht mit.

Ich nahm die weiße Decke von Hobbes' Grab, legte sie mir über die andere Schulter und ging in den Wald, in die Richtung, aus der die Schüsse herüberdröhnten. Es war nicht schwer, ihnen zu folgen, denn sie ertönten in regelmäßigen Abständen, zwei pro Minute. Die Männer schienen die Patronen einer ganzen Garnison dabeizuhaben. Was mochten sie bloß jagen, das gesamte Wild hier im Norden? Wussten sie nicht, dass jeder nur einen Hirsch pro Jahr schießen durfte? Ich hörte, dass sie schwerkalibrige Waffen benutzten, Selbstrepetierer, die meines Wissens ebenfalls für die Jagd verboten waren. Gut bewaffnete Männer, die gut schießen konnten und sich nicht um die Gesetze kümmerten. Gut möglich, dass einer von beiden Hobbes erschossen hatte. Falls dieser Mann noch lebte, war es sogar wahrscheinlich.

42

Nach zwanzig Minuten stieß ich im sanften Schneefall des Waldes lautlos auf einen Mann. Er war orange gekleidet und versuchte nicht, sich zu tarnen.

Fünf Minuten lang hatte ich nichts gehört, doch plötzlich fiel gar nicht weit entfernt ein Schuss: Der Mann stand in seiner orangen Jagdweste da und feuerte auf zwei Hirsche, die auf dem angrenzenden Feld ästen. Hätte er sich leise verhalten, wäre ich im nächsten Augenblick über ihn gestolpert oder, falls er auf mich gewartet hätte, tot gewesen.

Ich nahm das Gewehr von der Schulter und beobachtete ihn. Einer der beiden Hirsche brach zusammen, er hatte ihn am Hinterlauf erwischt. Das Tier blickte seinem fliehenden Gefährten nach und versuchte, im niedergedrückten Gras Halt zu finden, um ihm zu folgen. Der Jäger schoss wieder, und diesmal traf er den Hirsch in den Hals, und das Tier stürzte reglos auf seine rechte Körperseite.

Ich wartete noch. Der Jäger rührte sich nicht vom Fleck, er ging nicht zu dem Hirsch, was mir seltsam vorkam. Vielleicht wartete er auf seinen Gefährten, um ihn ebenfalls zu erschießen, doch er wusste bestimmt, dass der zweite Hirsch nicht so schnell zurückkehren würde. Wo war der andere Schütze überhaupt? Hatte ich mich geirrt, und er war allein?

Ich hörte mich ziemlich laut murmeln: Anhand eurer Schüsse habe ich zwei von euch entmummt, und ein jeder streift mit blankgezogenem Gewehr gefittich durch den Wald.

Ja, ich hatte zwei Gewehre gezählt. Der andere musste irgendwo versteckt sein oder ein anderes Tier verfolgen. Ich wartete noch ein paar Minuten, entsicherte dann und lud vorsichtig durch, und als ich das Gewehr hob und zielen wollte, sah ich, wie der Mann in panischer Angst seine Waffe auf mich richtete. Im selben Moment, in dem er abdrückte, trat ich einen Schritt nach links, Rindensplitter flogen gegen mein rechtes Ohr, und dann traf mich ein großes Stück Baumrinde an der Schulter und am Auge. Mit dem zweiten Schuss würde er mich nicht verfehlen, nicht auf diese Entfernung, nicht mal in Panik. Ich trat wieder nach rechts und legte an. Ich atmete ein, und er schoss noch mal, und plötzlich brannte meine linke Schulter wie Feuer.

Ich zielte mit dem unversehrten Auge, atmete aus und drückte ab, die Kugel bohrte sich in seinen Kopf, und er stürzte wie Möhren aus einer gerissenen Tüte, längst tot, als er auf dem Boden aufkam.

Ich lud wieder durch und untersuchte die Wunde: nur oberflächlich, nichts, das groß bluten würde. Mein Vater war ein guter Lehrer gewesen. Schieß nie überhastet. Der Mann hätte mich richtig treffen können, wenn er eine Zehntelsekunde gewartet hätte. Vielleicht hatte er mich erwartet, vielleicht sollten mich seine Schüsse herbeilocken. Doch es war mutig von ihm gewesen, sich in so auffälliger Kluft zur Zielscheibe zu machen. Und warum hatte er den Hirsch erschossen? Aber warum tötet man einen Hund? Letzten Endes war es dumm von ihm, doch man soll sich über Tote nicht lustig machen.

Es war gut, dass ich mich nicht vom Fleck rührte, denn ein Pick-up kam Laub aufwirbelnd zwischen den Bäumen hindurch auf mich zugerast, ein großer Halbtonner mit blauer Verkleidung und getönten Scheiben. Aus dem Fahrerfenster ragte eine Vorderschaftrepetierflinte, die beim ersten Schuss jede Menge Schrotkugeln verspritzte, und das zweite Geräusch, auf das ich mich konzentrierte, war, wie der Fahrer den Schaft zurückzog, um nachzuladen. Höchstwahrscheinlich lenkte er den Wagen mit den Knien. Ich duckte mich, als der Schuss das Unterholz ringsum durchsiebte, doch ich spürte ein heißes Stechen im Knie.

In meiner Vorstellung drosselte ich das Tempo des Pick-ups: Er war sechs, sieben Sekunden von mir entfernt, und wenn ich losliefe, würde er mich nach ein paar Schritten überrollen, weil es an dieser Stelle kaum große Bäume gab. Ich erinnerte mich, wo der Kühlergrill saß, und schätzte die Flugbahn anhand des Chroms, hob das Gewehr, zielte auf eine Stelle, die in einem Winkel von siebzig Grad einen Meter von der vorderen Ecke entfernt war, und schoss. Die Patrone zersplitterte die Windschutzscheibe und drang in die rechte Augenbraue des Fahrers. Sein Kopf wurde nach links geschleudert, und er starrte aus dem Fenster, während der Pick-up im Kreis fuhr und dann gegen einen Baum stieß, den er mit durchdrehenden Reifen zu erklimmen versuchte.

Ich rührte mich nicht, ein Erstarrter in seiner weißen Decke. Ich würde nicht zweimal denselben Fehler begehen. Der Motor des Pick-ups dröhnte: Anscheinend war der Fuß des Fahrers auf dem Gaspedal festgeklemmt. Der Wald war so still und der Pick-up so laut. Ich hatte das Gefühl, als würde jemand, der neben mir stand, meine Waffe erneut durchladen.

Mir blieben noch drei Patronen.

Ich blieb unten und schaute mich um, atmete erleichtert aus. Ich hatte Glück, dass das Nachladen so schnell ging: Der Kammerstängel einer Lee Enfield sitzt hinter dem Abzug, darum geht es glatt und schnell, zwölf Schuss pro Minute. Mein Großvater hatte gesagt, als die Deutschen erstmals der britischen Infanterie mit ihren Enfields gegenüberstanden, hätten sie gedacht, sie lägen unter Maschinengewehrfeuer. Der Kammerverschluss, die Konstruktion des Gewehrs hatten mich gerettet.

Ich beschloss, mir jetzt, da ich beide Männer getroffen hatte, den Pick-up anzusehen, legte das Gewehr in den Schnee und ging mit der weißen Decke über dem Kopf zum Beifahrerfenster. Der Mann lebte noch, und ich erkannte ihn. Es war Pascal, der Mann, den ich mit seiner Waffe vor dem Supermarkt gesehen hatte, der Mann, der für Recht und Ordnung sorgen wollte. Zum Trost sagte ich etwas, das ich in der Jagdzeitschrift gelesen hatte, etwas, das ein Jäger verstehen würde.

Ich ehre deinen heiligen Geist, und auch den des Erstlings, deines Freundes. Aber ich musste dich erledigen.

Ich bring dich um, flüsterte er und sank zusammen wie jemand, der ein Nickerchen macht. Er hielt mich bestimmt für ein Gespenst, einen Geist, der gekommen war, um ihn zu holen. Manche Menschen können nicht friedlich sterben.

Es heißt, dass man die Kugel sieht, die einen tötet. Ich bin mir jedenfalls sicher, dass ich die nächste Kugel sah. Sie kam von seiner Seite des Pick-ups, flog durchs Fahrerfenster und an seinem Gesicht vorbei, streifte meine rechte Schläfe und peitschte die jungen Bäume hinter mir.

Ein dritter Mann.

43

Die Schnepfe, englisch *snipe*, ist ein in Sumpfgebieten lebender Watvogel mit langem, schmalem Schnabel, mit dem er nach Insekten und Ähnlichem stochert. Wenn er jemanden sieht, kauert er sich bis zum letzten Moment ins Gras, steigt dann jäh im Zickzackflug auf und gleitet pfeilschnell durch die Luft. Vor langer Zeit gab es noch Männer, die mit dem Gewehr so schnell waren, dass sie auf Schnepfen anlegen und sie vom Himmel schießen konnten. Das waren Schnepfenjäger oder *Sniper*.

Sniper. Das Wort wehte 1914 über die Schützengräben und wurde zu der Soldatenbezeichnung *Scharfschütze*: ein versteckter Mann, der immer nur einen einzigen Feind erschoss, der sich zu tarnen wusste und mit der Landschaft verschmolz, egal, ob er irgendwo kauerte oder kroch, ob er sich einen Platz suchte oder beobachtete, wie sich in hundert Metern Entfernung eine Hand bewegte, und sie mit einer Kugel durchbohrte. Wurde er gefangen genommen, musste er damit rechnen, hingerichtet zu werden wie ein Spion, weil seine Uniform die Unsichtbarkeit war, weil sein Auge immer durchs Visier blickte und alle Soldaten vor ihm in Deckung gingen, weil er vielen Menschen die Freunde erschoss. Anscheinend mangelte es ihm an Mitleid, er hatte es verloren oder vielleicht gar keins besessen, darum wurde auch ihm keins gewährt.

Inzwischen wird anscheinend jeder, der ein Gewehr anlegt, als Sniper bezeichnet, obwohl es sich wahrscheinlich nur um einen wütenden Mann oder einen unbarmherzigen Jungen mit einer leistungsfähigen Waffe handelt, der auf einem Uhrenturm oder in einem Gebüsch am Highway kauert und unschuldige Menschen erschießt, nur weil sie zufällig vorbeikommen. Sniper: Das Wort ist schnell ausgesprochen, doch die Besten von ihnen sind sorgfältige, geduldige, besonnene Männer. Am Vortag hatte ich das Wort in der Stadt auf offener Straße gehört, hatte gehört, wie man von einem mutmaßlichen Scharfschützen sprach, der in letzter Zeit ein paar Jäger erschossen hatte, denn was sollte aus diesen Männern sonst wohl geworden sein? Die seien bestimmt nicht einfach abgehauen und hätten ihre Familien im Stich gelassen. Nichts dergleichen. Und als ich einkaufen ging, hieß es, die Männer würden tatsächlich vermisst, und mir wurde klar, dass für die Leute im Supermarkt die Gerüchte und die Gespräche darüber alles waren. Die Behörden suchten inzwischen, aber bei der Jagd liegt es in der Natur der Sache, dass in der Wildnis Schüsse abgegeben werden. Jedenfalls betrachtete ich mich nicht als Scharfschützen, da mir dazu die nötige Übung und die wahre Geduld fehlten. Anscheinend redeten sie über jemand anders, aber es stimmte, dass ich in den letzten Tagen in ein paar Vorfälle verwickelt war.

Angeblich muss man geistig verwirrt sein, um ein Gewehr völlig ruhig halten zu können. Aber mein Vater hatte gesagt, der englische Scharfschütze, der meinem Großvater die Enfield Modell 14 schenkte, sei ein glücklicher Mensch gewesen, er habe sich über das Ende der Kämpfe gefreut und wollte den Rest seines Lebens in einem Provinzstädtchen mit einem Kirchturm und abendlichem Glockengeläut verbringen, mit dem Blöken von Schafen und warmem Meeresgeruch im Sommer. Zur angeblichen geistigen Verwirrung bei Scharfschützen sagte mein Vater lediglich, ein perfekter Schütze sei leidenschaftlich und kaltblütig zugleich, bei geringer Entfernung fühle er sich unwohl, bei großer Entfernung sei er am besten.

Das klang nicht verwirrt. Hoffentlich war der dritte Mann kein solcher Schütze, denn sonst hatte mein letztes Stündchen geschlagen.

44

Ich glaubte, zweihundert Meter entfernt ein Gesicht zu sehen, rannte vom Pick-up zu meinem Gewehr und warf mich auf den Boden, ergriff im Rutschen mit der Linken die Enfield und hielt mit rechts die Decke über mich, um mein Haar zu verbergen.

Zu meiner Rechten versuchte der Pick-up noch immer, den Baum zu erklimmen – dieser Lärm konnte mein Verderben sein, denn er machte es unmöglich, den Schützen zu entdecken, einzuschätzen, von wo er schoss. Dieser verdammte Wagen. Meine Hand war zehn Zentimeter vom Abzug entfernt. Nein, ich durfte mich nicht bewegen. Ich lag unter der Decke und atmete mit dem Gesicht nach unten ganz tief und langsam. Einen Meter links von mir schlug ein Schuss ein, dann folgte noch einer, der, nach dem aufspritzenden Schnee zu urteilen, zwei Meter zu weit rechts lag. Er schoss aufs Geratewohl. Gut, dann konnte er mich also nicht sehen. Das hieß, dass er kein Visier hatte oder seinen weiten, aber ziemlich schlechten Blick nicht für einen besseren opfern und dabei Gefahr laufen wollte, entdeckt zu werden. Das hätte er besser tun sollen. Noch ein Schuss, diesmal nur wenige Zentimeter neben meinem Kopf. Vielleicht sah er mich auch und zielte bloß schlecht.

Ich ließ den Kopf unten. Die Kälte versteinerte meine Knochen und meine Lippen. Es kostete mich große Beherrschung, das Gesicht nicht zu heben, denn ich stellte mir die ganze Zeit vor, dass sich der Mann anschlich und mein Leben davon abhing, aufzublicken und ihn dabei zu ertappen. Plötzlich steht er direkt vor der Decke und legt auf mich an. Guck mich an, Julius. Guck hoch! Doch ich wusste, wenn ich aufblickte, würde ich mich mit meinem rosigen Gesicht vom Schnee abheben und sterben. Ich spürte, wie mein Herz pochte, wie es flatterte.

Ich musste die Zeit totschlagen, darum flüsterte ich die Shakespeare-Wörter in den Schnee, die ich vor meinem Aufbruch in den Wald gelesen hatte. Eins fiel mir nicht mehr ein, anscheinend war es nutzlos.

Dann schob ich mich die ersten paar Zentimeter zurück und wartete.

Kein Schuss ertönte.

Ich bewegte mich wieder ein paar Zentimeter, diesmal nach rechts, auf den Pick-up zu. Kein

Schuss. Auf zweihundert Meter Entfernung kann das Auge nicht ausmachen, wenn sich etwas um wenige Zentimeter bewegt, bei einem halben Meter schon, aber nicht bei ein paar Zentimetern. Eine halbe Stunde lang schob ich mich auf diese Art weiter, immer mit zehn Sekunden Pause dazwischen, eine Überlebensstrategie aus dem Ersten Weltkrieg, wenn man von einem Scharfschützen bedroht war, das hatte mein Großvater meinem Vater und auf diesem Wege auch mir erzählt. Klappte immer noch. Jetzt dauerte es nicht mehr lange. Als ich die sich drehenden Reifen des Pick-ups an meinem Ohr spürte, wusste ich, dass ich in Sicherheit war. Ich hob einen Zipfel der Decke hoch und schaute zur Seite. Ja. Der Wagen befand sich jetzt zwischen mir und dem Schützen: Ich hatte fünf Meter zurückgelegt. Er war vorsichtig, zu vorsichtig für einen Jäger. Ich rollte mich auf die Seite, zog das Gewehr an die Brust und lud nach. Trotz des verdammten Motors hörte er das Geräusch, und an der Stelle, an der noch vor einer halben Stunde mein Kopf gelegen hatte, bohrte sich eine Kugel in den Schnee.

Der Schuss war ein dummer Fehler gewesen, denn damit hatte er ohne jeglichen Grund verraten, wo er sich befand. Besser, er hätte sich still verhalten und wäre wachsam geblieben. Früher oder später hätte ich aufstehen müssen, und dann hätte er mich gesehen, oder es wäre dunkel geworden, und wir hätten beide nach Hause gehen können.

Ich rollte mich einen Meter nach rechts und hielt die Decke vor mich, wartete kurz, schob dann den Kopf drunter und zog sie zurecht, damit ich durch die Augenschlitze spähen konnte.

Der Mann lag noch da, wo ich ihn zuerst gesehen hatte, das konnte ich deutlich erkennen. Er hatte einen entscheidenden Fehler begangen: Er hatte nicht an seine Stiefel gedacht. Er trug eine weiße Jacke und hatte einen weißen Schal um den Kopf geschlungen, eigentlich eine gute Tarnung, aber wenn man bäuchlings im Schnee liegt, ragen die Stiefel ungefähr fünf Zentimeter höher auf als der Kopf, und seine Stiefel waren schwarz. Man muss die Stiefelfersen an die Farbe der Landschaft anpassen, wenn man sich mit dem Gewehr flach hinlegen will. Doch da wehten sie wie zwei schwarze Fahnen. Wenn ich genau zwischen die Stiefel zielte und dann noch ein bisschen tiefer, würde ich ihn in den Kopf treffen.

Drei Kugeln. Wie sicher war ich mir? Meine Hände und mein Gesicht waren vom Schnee ganz taub. Ich war nicht überzeugt, ihn zu treffen, also musste ich mich anschleichen. Ich weiß nicht, wie lange ich dafür brauchte, aber mit den Bäumen als Deckung war es leichter. Ungefähr eine Stunde nachdem er auf mich geschossen hatte, befand ich mich zehn Meter seitlich von ihm und legte das Gewehr an.

Irgendwie spürte er es. Er blickte sich um und sah mich.

Im Gesicht des vor mir liegenden Mannes lag keine Angst mehr, aber die Spuren, die sie darin hinterlassen hatte, sagten mir alles, was ich wissen musste.

45

Ich erkannte ihn, und das heißt, dass ich diesen Mann, der drei oder vier Patronen auf mich abgefeuert hatte, von denen jede meinen unter einer Decke und einem Mantel verborgenen Körper wie ein weiches Ei durchbohrt hätte, nicht auf der Stelle erschoss. Er drehte sich auf die Seite und schwang sein Gewehr über den Kopf, doch ich zielte genau zwischen seine Augen, er sah mich an, direkt am Visier entlang, und ließ das Gewehr neben sich in die Mulde sinken, in der er sich von Anfang an hätte verbergen sollen, denn dann hätte sein Körper tiefer gelegen als sein Gewehr.

Du bist es, sagte er. Ich hab's doch gewusst.

Ich entgegnete: Hast dein Wissen aber nicht genutzt.

Während ich langsam näher trat, zielte ich auf seine Brust, damit ich ihn nicht verfehlte, falls er sich bewegte. Dann reden wir also doch noch miteinander, sagte ich.

Mich erschießen, das ist was anderes.

Tatsächlich, erwiderte ich. Das glaube ich nicht. Ich erschieße dich, und du stirbst. Ich glaube, in Wahrheit ist es kein Unterschied.

Ich meine, einen Polizeibeamten erschießen.

Nein, für dich spielt das keine Rolle, sagte ich. Und was aus mir wird, darüber brauchst du dir keine Gedanken zu machen. Wirst du auch nicht.

Er schien seinen Vorrat an Worten erschöpft zu haben, deshalb redete ich weiter.

Ich bin überrascht, dass du mit mir redest.

Er starrte unverhohlen sein Gewehr an. Als würde ich einfach tatenlos stehen bleiben.

Ich habe eine Frage, sagte ich und stemmte das Gewehr gegen die Schulter, während ich mit der anderen Hand die Zeichnung halb aus der Tasche zog, sie dann aber wieder wegsteckte. Ich wollte jetzt lieber nicht mit einem Blatt Papier hantieren. Im Nu konnte er das Gewehr hochreißen.

Hast du meinen Hund erschossen?, fragte ich. Er wurde hier in der Gegend erschossen, ganz nah an meinem Haus.

Nein, erwiderte er. Geht's hier bloß um einen Hund?

Ich hob das Gewehr. Sind das deine letzten Worte in dieser Sache?

Plötzlich zerbrach er wie eine Porzellantasse auf Betonboden und bedeckte das Gesicht mit den

Händen, als könnten sie eine 303er Patrone aufhalten. Ein lauter Schrei. Mein Gott, bitte bring mich nicht um. Bitte. Ich will nicht sterben.

Troy, sagte ich und hielt das Gewehr auf Augenhöhe, während ich ihn mit dem vertrauten Vornamen ansprach, ich bin wirklich nicht Gott.

Ich erzähl's niemandem. Nein, ich hab keinen Hund erschossen, ich war's nicht.

Er griff nach seiner Waffe, und ich stieß sie mit dem Fuß weg, schoss vor ihm auf den Boden, als er hinterherhechtete, und lud nach, während er vor Schreck zusammenzuckte, im Schnee und an seiner Jacke herumtastete, aber keine Kugel, kein Loch, kein Blut entdecken konnte. Er sah mein Gewehr an und duckte sich, als es wieder auf ihn zielte. Er hielt die Hände vor den Kopf und wartete auf den Schuss.

In was für einer Branche arbeitest du?, fragte ich.

Er schrie, stellte dann aber fest, dass ich, statt zu schießen, gesprochen hatte.

Er sagte: Das weißt du doch. Seine Stimme zitterte wie das Wasser eines Teichs im Wind.

Ich meine nicht deinen Beruf. Ich hab irgendwann gehört, dass du abends noch was anderes machst.

Sicherheit, antwortete er. Ich hab eine Sicherheitsfirma.

Sicherheit, sagte ich.

Er nickte.

Läuft das gut?

Er nickte.

Danach schwieg ich. Der Motor des Pick-ups ging mir auf die Nerven, und ich wollte ihn ausschalten, hatte es satt, so laut reden zu müssen, weil der Tote da drüben in seinem Wagen fuhr.

Es stimmt, dass Männer urinieren, wenn sie Angst haben. Der Körper entledigt sich allen Ballasts, um fliehen zu können. Troys Hose war nass.

Ich sagte: Zieh deine Jacke aus.

Er gehorchte. Ich forderte ihn auf, die Taschen zu leeren, und sah ein Handy und Schlüssel und so weiter. Er stand in einem Flanellhemd da, schwarz, mit Beige am Kragen.

Wie spät ist es?, fragte ich.

Er betrachtete sein Handgelenk. Nach vier.

Wir gehen jetzt nach Hause, sagte ich. Zieh die Jacke wieder an und schalte für deinen Freund den Motor aus.

Während er noch überlegte, worin der Trick bestand, wann und wo die Kugel ein Loch in ihn reißen würde, rappelte er sich auf, streifte die Jacke über und zog den weißen Schal von seinem noch weißeren Hals. Als er den Motor seines Gehilfen ausgeschaltet hatte, stellte er mir eine weitere Frage.

Wo ist zu Hause?

Zweiter Stern von rechts, sagte ich.

Was?

Folge mir, aber du gehst vorneweg. Zu Hause liegt da vorn, und jetzt kein Geschwätz mehr!

Wir gingen unter dem aufgehenden Mond durch den schwach glänzenden Schnee zur Hütte, zwei Männer und ihre Schritte, und einer drückte dem anderen ein Gewehr in den Rücken, die älteste Machtbekundung.

46

Ich hatte es nicht eilig, irgendetwas zu sagen, ich wollte bloß das Haus erreichen, bevor es stockdunkel war. Das war eine ziemliche Wirrung im Wald, sagte ich.

Ich verstehe nicht.

Ich meinte, Unruhe im Wald. Du und deine Zerstreuung von Galloglass.

Was für ein Glas?

Deine zerstreuten Fußtruppen da hinten, sagte ich.

Wir kamen an den wuchtigeren Bäumen mitten im Wald vorbei.

Du hast wohl geglaubt, ich würde mich wie ein Gauch verhalten, als der Wagen durch den Wald auf mich zuraste. Hast du gedacht, ich würde weglaufen, und du könntest mich erschießen?

So war's geplant, erwiderte er.

Dann hast du also zu ihnen gehört. Du warst der Flanker.

Wir sind zusammen gekommen. Ich sollte auf

den Schuss warten, der Pick-up sollte dich aufscheuchen.

Und der erste Mann?

Was ist ein Gauch?, fragte er.

Ein Narr. Der erste Mann?

Der wusste nicht, dass wir dir eine Falle stellen wollten, sondern glaubte, wir gingen zur Jagd. Ich hab ihm gesagt, er kann so viele Hirsche schießen, wie er will, weil ich das Gesetz vertrete. Er war der Köder. Ich dachte, wir würden dich kriegen, bevor du schießen kannst. Ja, ich befand mich auf der Flanke.

Siehst du, wenn du zuhörst, verstehst du auch, sagte ich. Und du hättest ihm von deinem Plan erzählen müssen, ihn nicht allein dastehen lassen dürfen. Das könnte man als skrupellos auslegen.

Dann gingen wir zwanzig Minuten lang schweigend weiter, bis ich durch das Mengelmus der Bäume – alle möglichen Baumarten, hätte ich ihm erklärt, falls er gefragt hätte – das Verandalicht leuchten sah. Ich war froh, an der Hütte zu sein, denn ich hatte genug von diesem Mann und seiner Eindringlichkeit, seiner Wichtigtuerei.

Stell dich da drüben hin, sagte ich, und er ging zum Blumenbeet und sah sich nach einem Ausweg um, einer Fluchtmöglichkeit in den Wald, der Stelle in einem Theaterstück, an der es heißt: Sie gehen ab. Ein guter Platz, um von der Bühne zu treten, dachte ich, direkt neben dem unter der Erde liegenden Hobbes.

Möchtest du einen Sherry?, fragte ich, als ich in der Tür stand. Ich sah, dass er am liebsten losgerannt wäre, und fragte mich, ob ich wohl vorbeischießen würde, wusste aber, dass ich ihn träfe.

Ich trinke nicht, erwiderte er.

Na schön. Wie spät ist es?

Er schaute nach: Fünf.

Ich richtete immer noch das Gewehr auf ihn. Und jetzt sag mir, dass du den Hund nicht erschossen hast.

Ich hatte nichts damit zu tun.

Sag's noch mal.

Ich habe den Hund nicht erschossen. Er kam auf dem Pfad auf mich zugelaufen, hat mich aber nur angebellt.

Die Müdigkeit und die Anstrengung hatten ihn anscheinend unvorsichtig gemacht. Ich sah seine Verwirrung, als er seine Worte zurückzunehmen versuchte. Als Polizist hätte er wissen müssen, dass man den Mund nur aufmacht, wenn man weiß, was man sagen will. Wie viele Männer haben sich schon um Kopf und Kragen geredet.

Wie meinst du das, fragte ich, dass er bloß gebellt hat?

Missmutig warf er die Lippen auf und hob die heimtückischen, mordlüsternen Augen, denen die Enfield entgegenstarrte.

Beantworte meine Frage, forderte ich ihn auf. Und zwar sofort.

47

Wenn einem jemand etwas auf Deutsch zuflüstert und man die Sprache nicht beherrscht, versteht man kein Wort: Er könnte über Philosophie sprechen oder die Eltern des Angesprochenen beschimpfen. Wenn er einem dasselbe oder andere deutsche Wörter entgegenbrüllt, versteht man immer noch nichts.

Wenn ein Hund jaulend den Kopf hebt und einen leicht von der Seite anschaut, heißt das, er spielt nur, weiß aber, dass man irgendwas im Schilde führt. Wenn er den Kopf zurücklegt und einen lauthals anbellt, unten aus dem Bauch, dann will er spielen. Wenn man ihn packt, und er knurrt tief aus dem Bauch und blickt einen von der Seite an, drückt das Zuneigung aus, doch wenn er nur oben aus der Kehle knurrt, ist es eine allerletzte Warnung.

Wenn man diese Sprache nicht versteht, ist alles nur Lärm. Die im Wald herumstreifenden Männer verstanden offenbar meinen Shakespeare nicht, obwohl jedes Wort in Englisch war und ich alles deutlich aussprach. Genauso gut hätte ich sie anbellen können. Die Zeit verwandelt uns in Hunde.

48

Es war schon fast dunkel, und Troy stand an der Stelle, von der aus die Blumen frühmorgens die gesamte Lichtung und mein Schlafzimmer mit ihrem Duft erfüllt hatten, da, wo uns jetzt das Licht von der Veranda umhüllte.

Troy sagte: Das war ein anderes Mal, vor über einem Jahr. Ich kam in den Wald, um zu sehen, wo du wohnst. Es ging mir auf die Nerven, dass Claire von dir sprach. Sie hatte deinen Namen zweimal in vier Jahren erwähnt, deshalb musste ich mir selbst ein Bild machen, um zu wissen, mit was für einem Rivalen ich es zu tun hatte. Ich streifte durch den Wald, um mir deine Hütte anzusehen, aber dein Hund hörte mich und kam auf mich zugelaufen. Also stieg ich wieder in meinen Pick-up und fuhr weg.

Du hast gesagt, er hätte gebellt.

Ja, er hat bloß gebellt. Warum sollte jemand einen bellenden Hund erschießen?

Ich senkte das Gewehr. Hobbes hatte also sein

Revier verteidigt. Oder dieser Mann hatte im Schweigen des langen Rückwegs genug Zeit gehabt, sich das Ganze auszudenken. Nein, vielleicht war der arme Hobbes für Troy auch ein Rivale gewesen, aber hatte sie ihm wirklich von Hobbes erzählt? Ich dachte, ich hätte die Frage laut ausgesprochen, aber Troy reagierte nicht.

Plötzlich wirbelte ein Windstoß Schnee zwischen den Bäumen hervor und riss die letzten Blätter von den Zweigen, und ich erinnerte mich, wie Claire ein paar Wochen nach ihrem ersten Besuch nackt in der warmen Küche gestanden und ein Exemplar des *Wintermärchens* vor der Brust gehalten hatte.

Hier habt ihr Blumen!
Lavendel, Minze, Salbei, Majoran;
Die Ringelblum', die mit der Sonn' entschläft
Und weinend mit ihr aufsteht: das sind Blumen
Aus Sommersmitt', und die man geben muß
Den Männern mittlern Alters …

Du bist jetzt mein eigener William, hatte sie zu mir gesagt.

Ich merkte, dass ich die Stelle anstarrte, an der immer die Blumen sprossen, die von mir gepflanzt worden waren oder von selbst wuchsen und sich durch den harten Boden ans Licht kämpften.

So zarte Haut, so eine dornenvolle Erinnerung.

Troy stand missmutig am Blumenbeet. Plötzlich flog ein Schwarm Krähen, Tausende von Vögeln, ein einziges schwarzes Flattern, aus den Bäumen hervor, eine schrill schreiende Schar. Es dauerte fünf Minuten, bis sie vorbeigeflogen waren, und in der Zwischenzeit machte der Lärm jedes Wort zwischen uns unmöglich. Troy betrachtete das Gewehr, und ich betrachtete die hinter ihm vorbeifliegenden Vögel.

Die Bäume sind krähig, sagte ich.

Er zuckte zusammen. Sie sind was? Was redest du da?

Dieses Wort hab ich mir selbst ausgedacht, sagte ich. Mir ist mein Shakespeare ausgegangen.

Ein mürrisches Schulterzucken, als hätten sich unsere Sprachen voneinander getrennt, und er bliebe zurück. Trotztum, ein weiteres neues Wort, nur für ihn. Doch ich bewunderte seine Konzentration, die Stärke und Entschlossenheit seines Willens: Er ließ nichts an sich heran, was nicht in sein Denken passte, wie die Nachtfalter, die sich im Licht der Glühbirne auf der Veranda verfingen wie in einem Spinnennetz und deren Schatten mich manchmal so störten, dass ich das Licht ausschaltete, um sie in die Nacht entkommen zu lassen, denn jemand wie Troy muss auf jede Bemerkung sofort eine Erwiderung geben und kann nur durch Schweigen verscheucht werden.

Willst du reinkommen?, fragte ich. Der Abend war angebrochen.

Kopfschüttelnd ließ er den Blick zur Hütte wandern. Ich geh da nicht rein.

Wie du willst, sagte ich. Aber sie gehen bald kräftig runter, die Zahlen.

Anscheinend hatte er mich falsch verstanden, denn er erwiderte: Du hast schon eine hübsche Anzahl Leute erschossen, stimmt's?

Ich trank einen Schluck, doch bei dieser Temperatur schmeckte der Sherry auf der Zunge ganz anders. Mit einem Nicken überließ ich ihm diesen Sieg, denn er hatte ihn sich verdient.

Es heißt, Männer mit Waffen können tun, was sie wollen, sagte ich, das liegt in der Natur der Dinge. Daran habe ich mich gehalten.

Dann gibst du es also zu, sagte er, hier und jetzt.

Sein Plan zu überleben, wie auch immer er aussehen mochte, kam allmählich in Schwung. Für mich spielte all das keine Rolle mehr. Ich verspürte nur eine große Abwesenheit, eine nie da gewesene Leere, die alles in mir erstickte. Davor hatte ich erlebt, wie das ganz normale Glück des Alleinseins plötzlich zerstört wurde, und zwar durch eine bestimmte Abwesenheit: die bloße Härte des Ganzen, man verwandelt sich in einen Stein, in ein Stück Holz, einen Splitter in der Erde, in splitterigen Wind. Und als giftiges Heilmittel die Blumen in all dem Grau, jemand, der einen am Arm berührt, die süßen Worte eines Lächelns, was zunächst hilft, aber dann alles noch schlimmer macht. Manche Leute meinen, all das spielt sich nur im Kopf ab. Wenn das stimmt, dann wäre es auf der ganzen Welt nur für mich von Bedeutung, ob Hobbes je zu meinem Leben oder ich zu seinem gehörte. Man schließt sich jemandem an und leidet, wenn er nicht mehr da ist. Doch Hobbes hat mir die Tage verkürzt, wenn ich niemand anderen hatte, seine Freundschaft galt auch, wenn er keinen Nutzen daraus zog.

Und jetzt kannst du auch etwas zugeben, sagte ich.

Ich sprach mit Bedacht und achtete darauf, dass ich es laut sagte und nicht bloß in Gedanken, denn bei dem Leben, das ich führte, verschwamm beides manchmal miteinander.

Troy stellte die Füße in Schulterbreite auf. Was denn?

Dass du gestern früh einen Mann beauftragt hast, mich zu kontrollieren, den Mann, der morgens an der Straße stand. Ich habe hinterher zwei Männer im Wagen gesehen.

Troy nickte schon, bevor ich ausgeredet hatte. Ich habe den Mann abgesetzt und ihn wieder abgeholt, als du weg warst. Ich muss gestehen, du hast gute Augen, sagte er.

Aber ihr seid mir nicht gefolgt.

Du hättest uns gesehen. Aber während er dich befragte, hatte ich die ganze Zeit ein Gewehr auf dich gerichtet.

Und heute bist du hier, sagte ich, bist mit diesen Männern, keiner von beiden ein Polizist, aber anscheinend beide für dich tätig, in den Wald gekommen, um mich herauszulocken.

Nur einer wusste Bescheid, der Erste, den du erschossen hast, war nicht eingeweiht. Ich dachte, ich würde dich erwischen, bevor irgendwelche Schüsse fallen.

Und zum Helden werden.

Ich wollte bloß meine Arbeit verrichten.

Das bezweifle ich, entgegnete ich. Hättest du bloß deine Arbeit verrichten wollen, hättest du keinen anderen Mann dem Tod aussetzen dürfen. Ich habe deinen Spürer gerötet.

Mein Shakespeare war zurückgekehrt. Troy sah verwirrt aus, deshalb übersetzte ich mein Englisch ins Englische: Ich habe deinen Spion getötet.

Das löste seine Zunge.

Du bist wütend, weil ich dir Claire ausgespannt habe, sagte er. Das ist es, darum geht's bei der ganzen Sache, stimmt's? Und nicht um den verdammten Hund.

Ich sah, dass wieder Angst und Trotz in ihn träufelten wie Milch in den Tee. Und als ich noch einmal über seine Worte nachdachte und zu dem Fluch gelangte, dem Hobbes vorangestellten Fluch, sank mein Blut in die Kälte unter den Adern. Meiner Meinung nach hatte Claire mit dem Ganzen nicht das Geringste zu tun, und es war unklug von ihm, sie ins Spiel zu bringen. Aber es verdiente Respekt, dass er seiner eigenen Logik treu blieb.

Wenn das so wäre, wenn du all das angestiftet hättest und der Mann wärst, unter dessen Einfluss ich stehe, dann wärst du auch derjenige, dessen Tod alles beenden würde. Wenn ich eifersüchtig bin, sagte ich und hob das Gewehr, dann kann ich dem jetzt abhelfen.

Ich zielte auf seine Stirn. Er wurde weißer und unruhiger als Schnee, der gegen eine Windschutzscheibe wirbelt. Daran, wie er meinen Blick erwiderte, ohne zu blinzeln, sah ich, dass er überlegte wegzurennen. Seine Erfahrung sagte ihm, dass er sich nicht unbewusst nach einem Fluchtweg umschauen durfte, um seine Absicht nicht zu verraten. Stattdessen musste er mich anstarren, als wäre er nur auf mich konzentriert. Gut für ihn, dass er so einfallsreich war. Ich hatte ihn unterschätzt.

Ich blickte zur Seite, um ihm zu zeigen, dass ich ihn durchschaute.

Wenn du dich nicht in einen Baum verwandeln kannst, würde ich an deiner Stelle nicht wegrennen, sagte ich, da ich der Meinung war, er sollte der Kugel lieber entgegenblicken, als sich von ihr einholen zu lassen.

Er spürte, dass der Moment gekommen war, und erstarrte in Erwartung des Schusses. Ich atmete aus.

So würdest du kein Tier behandeln, sagte er. Eine Bitte um Gnade.

Heißt das gut oder schlecht?, fragte ich.

Das weißt du, erwiderte er.

Dann müsste ich wirklich wissen, was ich mit dir anfangen soll, falls du das von dem Wort erwartest. Ich hätte gedacht, jemanden wie ein Tier behandeln heißt gut.

Ich hatte das Gewehr leicht gesenkt, um ihm zu antworten, hob es jetzt aber wieder an, und mein Atemzug sollte das Letzte sein, was er in diesem Leben zu hören bekam. In diesem Moment traf uns ein kalter Windstoß, und der gelbe Mond kam hinter einer Wolke zum Vorschein. Spätestens in einer halben Stunde würde es stockdunkel sein. Der Wald zeigte seine weiße Hand, und der Himmel ballte die Faust.

Seine nächsten Worte erklangen, als ich gerade abdrücken wollte.

Claire, sagte er.

Ich erstarrte. Was ist mit Claire?

Er sprach mit erhobenen Händen: Ich werde ihr fehlen.

Was hat Claire mit dir und mir zu tun?, fragte ich. Das spielt sich nur in deinem Kopf ab.

Aber er spürte mein Zögern, und der Beweis war, dass er noch lebtc. Er vergeudete keine Zeit, besonders weil ihn eben nur noch ein Sekundenbruchteil vom Tod getrennt hatte.

Er fragte: Was wird aus ihr, ihren Gefühlen, was soll sie machen?

Sie wird leben, sagte ich.

Und wie? Ich kann Claire eine Familie, Kinder, ein gemeinsames Leben bieten. Was hättest du ihr bieten können?

Ich hielt inne. Das war eine gute Frage. Ich hatte Lust, eine türkische Zigarette zu rauchen, angesichts der hereinbrechenden Dunkelheit einen starken Kaffee zu trinken, denn diese kurze Zeit war für mich immer der schönste Moment des Tages. Aber da war Troy, und wenn ich kurz nicht aufpasste, würde er sofort verschwinden.

Ich sagte: Ich weiß es nicht mehr. Im Grunde genommen weiß ich nicht genau, ob die Menschen sich irgendetwas geben.

Also, ich kann ihr eine Familie geben, sittliche Wertmaßstäbe.

Ich weiß, was diese Worte bedeuten, sagte ich und ließ das Gewehr sinken. Wenn man eine Enfield lange genug hochhält, ist sie auch für einen Erwachsenen schwer.

Dann kannst du sie ja in die Praxis umsetzen, erwiderte er.

Entweder er meinte es ernst, oder er war ein erstklassiger Schauspieler. Ich hatte den Sherry aufs Verandageländer gestellt, und mir blieb nur, diesen Mann zu erschießen oder mit ihm zu reden.

Dazu fällt mir ein Beispiel ein, sagte ich.

Ja, sagte er. Nur zu. Ich höre.

Ich sagte: Die Perlhühner brüten ihre Eier im Gebüsch aus und verlassen sie nur, wenn es um Leben oder Tod geht. Wenn ich das abgemagerte Weibchen abends aus dem Gebüsch kommen sehe, ist es von drei Männchen umringt, die es auf dem Weg zur Futterstelle beschützen.

Nicht schlecht als Anfang, sagte er.

Einmal kreiste ein Habicht über dem Garten,

und bis auf die Hühner liefen alle Tiere unter die Bäume. Der Habicht stieß herab und schnappte sich eins. Doch im selben Moment war Hobbes da und sprang nach dem Huhn, das der Raubvogel in den Krallen hielt, sprang so hoch, dass der Habicht losließ und Hobbes mit dem Huhn zu Boden stürzte.

Darauf wusste Troy nichts zu sagen, als hätte er nicht zugehört oder glaubte mir nicht. Aber ich hatte es gesehen. Der gute Polizist blätterte zu einer anderen Seite in seinem Überlebenshandbuch. Dann sagte er: Mach's dir doch nicht so schwer. Stell dich der Polizei.

Ich war enttäuscht.

Mach's dir nicht so schwer, wiederholte er.

Mache ich gar nicht.

Ich beschloss, eine Weile zu schweigen, ihm den nächsten Schritt zu überlassen. Das machte ihn nervös. Er sagte etwas, aber der Wind trug es davon, und im Moment antwortete ich sowieso nicht. Und falls er sich bewegte, war er auf der Stelle ein toter Mann.

Als ich noch klein war, hörte ich auf der Farm einmal einen Besucher sagen, es sei unnatürlich, wie wir unsere Enten vor Raubtieren schützten, in der wirklichen Welt müssten sie sich selbst durchschlagen, und das Gesetz der Natur bevorzuge die Starken. An jenem Tag schien die Sonne, und die Enten saßen mit gebogenen Hälsen im Wasser des umgedrehten Mülltonnendeckels und schliefen. Mein Vater hörte nickend zu, bot dem Besucher eine weitere Tasse Tee an und unterhielt sich noch eine Weile mit ihm.

Dann sagte er: Sie haben sicher nichts dagegen, dass ich, wenn Sie Ihren Tee ausgetrunken haben – er deutete auf die Tasse –, ins Haus gehe, eine Flinte hole und Sie erschieße.

Ich verstehe nicht, sagte der Mann und setzte sich anders hin.

Müssten Sie aber, sagte mein Vater. Denn ich habe eine Flinte und Sie nicht, also bin ich stärker als Sie und kann Sie Ihrer Philosophie zufolge erschießen. Seine Stimme hatte einen singenden Tonfall, obwohl er aus der Sicht des Besuchers, der kurz darauf ging, eigentlich eine Drohung ausstieß. Diese Geschichte ging in der ganzen Stadt herum, doch sie wurde dem Krieg zugeschrieben. Am Ende des Tages sagte mein Vater mit einem seltenen Augenzwinkern: Manchmal kann ein Krieg auch nützlich sein. Und dann fügte er in ernstem Ton hinzu: Man kann nicht ans Überleben des Stärkeren glauben, aber erst bestimmen wollen, wer der Stärkere ist.

Überleben des Stärkeren, sagte ich.

Was? Troy wurde wieder kreidebleich. Ich hatte laut gesprochen, hatte mich damit aus der Vergangenheit gelöst, von Menschen, die längst tot und begraben waren. Und das erinnerte mich an die Bücher, das Buch in meiner Tasche.

Troy folgte meinem Blick.

Eine Tasse Tee hätte jetzt Wunder gewirkt, aber ich wusste, wenn ich einen Moment unaufmerksam war, würde ich mich am falschen Ende meines Gewehrs wiederfinden, und Troy würde mich sofort erschießen, weil er sich nicht traute, mich mit vorgehaltener Waffe den ganzen Weg durch den Wald bis zum Polizeirevier zu bringen. Damit hätte er recht.

Ich forderte ihn auf, das Buch mit dem Zettel zu nehmen, den ich vor kurzem hineingesteckt hatte, und sich wieder ans Blumenbeet zu stellen. Er schnappte sich das Buch und ging mit langsamen Schritten los, ließ den Blick vom Boden zum Gewehr wandern, um den richtigen Augenblick für einen letzten verzweifelten Fluchtversuch abzupassen, der nicht gelingen würde. Aber das hat noch niemanden abgehalten.

Inzwischen war der Abend angebrochen, mit seinem seltsamen Licht, dem Licht der anderen Seite, schwächer und zerrissener, aber bezaubernd und ein Balsam für diejenigen, deren Leben darin erblüht. In diesem Licht sind auch Stimmen besser zu hören. Troys Stimme war dünner geworden, unsicherer, aber vielleicht kam mir das auch nur so vor.

Er fragte: Was hat sie überhaupt in dir gesehen?

In seiner Stimme schwang etwas mit, das nichts von den harten Sätzen der Leute hatte, die alles, was sie glauben, für die einzige Wahrheit halten. Aber vielleicht war ich genauso, vielleicht wurde alles, was ich dachte und sagte, erfüllt von meinem Glauben, angetrieben durch meine eigenen Zahnräder. Ich war jedenfalls ein Teil davon, das war sicher.

Das müsstest du Claire fragen. Sie hat sich dich ausgesucht.

Er betrachtete das Buch, das er in Händen hielt: Was ist das?

Lies, was auf dem Blatt Papier steht, sagte ich.

Er schlug das Buch an der Stelle auf, wo das Blatt steckte, nahm es heraus und überflog das Geschriebene kurz, verwirrt und voll panischer Angst, sein Testament zu sehen, und das nicht mal in seinen eigenen Worten.

Ich sagte: Lies vor.

Okay, okay. Er folgte den Wörtern mit dem Finger, wobei sein Blick dem Finger vorauseilte und seine Stimme ihm hinterherhinkte:

Laßt uns Arznei aus mächt'ger Rache mischen,
Um dieses Todesweh zu heilen!

Was meinst du dazu?, fragte ich.

Das klingt wie eine Fremdsprache, ich verstehe dieses ständige Geschwätz nicht.

Es ist Englisch, entgegnete ich.

Was denn – du meinst wie Spürer und das andere Wort, das du benutzt hast? Das ist kein Englisch.

Ich wusste, was er sagen wollte, und er tat mir leid.

Du meinst, es klingt so englisch wie Hundegebell, sagte ich.

Ja, genau das meine ich.

Vielleicht ist jetzt beides dasselbe, sagte ich.

Was ist dasselbe?

Das, was die Hunde und Shakespeare zu sagen haben.

Wer sagt das? Er klappte das Buch zu und deutete auf seine Brust: Wozu hältst du mir diese Vorträge? Was willst du tun? Ich bin Polizeibeamter.

Er brüllte, um seinen Worten Kraft zu verleihen, aber es waren die richtigen Worte, sie brauchten nicht gebrüllt zu werden. Für ihn stimmte das, ich hatte plötzlich viel zu viel zu sagen, das war eine Unverschämtheit.

Ich ließ das Gewehr oben. Meine Absicht? Ich weiß nicht, sagte ich und trat rasch den Rückzug an. Ein bisschen lesen, Tee machen, gegen die aufziehende Kälte ein Feuer anzünden, irgendwas in der Art werde ich tun.

Seine Stimme wurde wieder leiser: Ich hab gemeint, was du mit mir tun willst.

Ich schüttelte den Kopf, damit er Bescheid wusste, und da wurde er weicher und redseliger, beklagte sich über sein Leben und seine Firma, wies darauf hin, wie schwer er gearbeitet habe, dass alle ihn achteten, und zählte dann seine Pflichten auf, und ich wartete, bis die Klagen in der Stille des Waldes verhallten, die alles verschluckt, was ein Mensch sagen kann, bis er nichts mehr zu sagen weiß und das Echo verklingt, weil keine Worte mehr folgen.

Ich kniete nieder und streifte den Schnee von Hobbes, von der Erde, die auf ihm lag. Er befand sich ungefähr einen halben Meter von meiner Hand entfernt, und ich hatte beinahe das Gefühl, ihm über den Rücken streichen, seinen Kopf tätscheln zu können.

Hatte Troy Hobbes erschossen? Ich neigte zu dieser Ansicht. Wegen seines Verhaltens, als er es leugnete, und weil er es so eilig gehabt hatte zu sagen, was er wusste. Er hatte zugegeben, dass er bei der Hütte gewesen war, und verfügte über die nötige Aggressivität, um etwas zum Schweigen zu bringen, das bereits stumm war.

Ich stand mit der Enfield da und zielte auf seinen Bauch.

Sag mir, dass sie glücklich ist, forderte ich ihn auf.

Er wirkte überrascht und schwieg zur Abwechslung, vielleicht weil im Himmel das Licht aus war und in der klaren Nacht vor dem bevorstehenden Sturm nur die Sterne zu sehen waren. Er überlegte kurz oder betrachtete seine Stiefel, ohne nachzudenken. Ich konnte es nicht crkcnnen. Und ich fror an den Armen, an den Ohren. Die Bäume hinter ihm schienen sich anders zu wiegen, bestimmt weil die Temperatur bald sinken und der Luft jegliche Wärme entziehen würde.

Ob sie glücklich ist? Ich habe – ich glaube schon.

Der erste Zweifel, der an diesem Tag über seine Lippen kam. Ich betrachtete wieder das Blumenbeet, den Streifen Schnee, den ich weggekratzt hatte, ein kleines Fleckchen vom Angesicht des Todes, so nutzlos, wie ihn auszugraben und noch mal an mich zu drücken. Ihn so nah bei mir zu haben, ohne ihn wirklich zu haben.

Dann war sie also glücklich. Bei diesen Worten wusste ich, dass sie tatsächlich weg war und nie wieder vor mich treten würde, keine Frau, die aus dem Wald kam, kein Salbenduft in der Hütte, keine Stimme, die in der Küche oder am Feuer nach Einbruch der Dunkelheit die Hand nach mir ausstreckte. Ich liebte sie immer noch, falls das Gefühl in mir, die Erinnerung diese Bedeutung hatten. Aber da war noch Hobbes, den man mir genommen hatte, dem man sein Leben, seine Freude genommen hatte.

Ich stand da und sagte: Dann ist es gut. Du musst dich jetzt auf den Weg machen.

Ich blickte zu den Bäumen hinüber, die nach Fort Kent führten, als bildeten sie einen Highway, dem er einfach nur folgen musste.

Du wirst mich umbringen, sagte er.

Ich gab keine Antwort, aber es stimmte, ich hatte hin und her überlegt. Er war der Täter. Jetzt hatte ich ihn.

49

Er blickte zu den Bäumen, auf die ich deutete, dann zu den anderen Bäumen ringsum, als wollte er verschleiern, wo er hinlaufen würde. Er atmete tiefer, um genug Luft für eine schnelle Flucht in der Lunge zu haben.

Du wirst mich erschießen.

Ich hab gesagt, du sollst gehen. Wie oft muss man dir das sagen?

Ich war es Claire schuldig, diesen Mann zu ihr zurückzubringen. Ich musste dem plötzlichen Drang, ihn gehen zu lassen, rasch nachgeben, bevor ein stärkerer Drang zurückkehrte, bevor mein Blick über das Blumenbeet schweifte, wo Hobbes in seinem Grab lag, stumm im Tod, der uns alle erwartet.

Das Gesicht mir zugekehrt, trat Troy einen Schritt zurück und tastete sich erst mit dem einen, dann mit dem anderen Fuß weiter, wagte aber nicht, sich umzudrehen und davonzulaufen.

Du musst etwas für mich tun, sagte ich.

Er starrte mich an.

Richte nie mehr auch nur ein einziges Wort an mich, sagte ich, und guck nie wieder in meine Richtung, sonst wird es das letzte Mal sein.

Er wartete keine weiteren Anweisungen ab, und ich sah, dass er sich von der Stadt und meiner Hütte entfernte und wieder in das Waldstück ging, in dem wir uns begegnet waren. Das bedeutete, dass er dort irgendwo ein Fahrzeug abgestellt hatte.

Ziemlich dreist, sagte ich.

Was? Er drehte sich nicht zu mir um.

Du sollst zu Fuß nach Fort Kent zurückgehen, sagte ich, zumindest einen Teil der Strecke. Und Fort Kent liegt meines Wissens da drüben. Ich schwenkte das Gewehr in Richtung der unsichtbaren Stadt. Los. Vergiss deinen Wagen. Und bedeck deinen Schlund.

Er fragte nicht, was ein Schlund sei, schlang dennoch den Schal um den Hals und durchquerte vor meinen Augen den Garten, dieser Polizist, zu Fuß unterwegs nach Fort Kent. Als er zwanzig Meter weit im Unterholz war, fünfzig Schritte entfernt im Schnee, zielte ich auf seinen Hinterkopf, was er bestimmt erwartete, und zog den Abzug, bis er unter Spannung stand und Troy zwischen Leben und Tod schwebte.

Dreh dich um, Troy, sagte ich.

Doch zu meiner Überraschung tat er es nicht. Ich hatte ihn für einen Menschen gehalten, der unbedingt tun muss, was ihm verboten wird. Ich hatte gedacht, er würde mir noch etwas zurufen, während er über den Waldboden eilte und sich mit schnellen Schritten davonmachte. Dann würde ich ihn erschießen, ihn so lange verfolgen, bis ich ihn erwischt hatte. Schließlich begann er zu laufen und tauchte zwischen die Bäume, ich ließ den Abzug los, gab Troy dem Leben zurück, und dann war er weg, zusammen mit der Gelegenheit, ihn in den Tod zu befördern, verschwunden mit meiner letzten Umarmung für Claire, dieser Mann, der sie mir weggenommen und dessen Leben sie gerade gerettet hatte.

Auf dieser Seite der Landstraße standen keine Häuser, und bei den Wetterverhältnissen würde er gut drei Stunden brauchen, vorausgesetzt, er verirrte sich nicht. Dann würde ihn jemand mitnehmen, samstagabends war bestimmt irgendwer auf der Straße nach St. John unterwegs, und danach waren es noch mal zwanzig Kilometer bis Fort Kent, also würden sie frühestens in fünf Stunden kommen, wahrscheinlich sogar erst nach Mitternacht, wenn sie alle Männer und Wagen beisammenhatten und die Planung abgeschlossen war, und er würde natürlich mitkommen, um seine Würde wiederherzustellen. Das war in Ordnung. Ich lehnte das Gewehr an die Veranda und ging ins Haus.

50

Zuerst schob ich Holzscheite in den Ofen, um das Feuer in Gang zu bringen, und machte Tee, aber dann folgte etwas, das ich noch nie in meinem Leben getan hatte: Ich trug den Gartenstuhl von seinem Platz vor dem Ofen auf die Lichtung hinaus und stellte ihn genau zwischen die Veranda und das Blumenbeet, der freien Fläche inmitten dcr Bäume zugekehrt, wo man die meisten Sterne am Himmel sah. Als ich wieder in die Hütte ging, sah ich die riesige Leerstelle, wo der Stuhl gestanden hatte, den Mann, der darauf gesessen hatte, und die ganzen Bücher, deren fesselnde Geschichten ihm auf diesem Stuhl jahrelang die Zeit vertrieben hatten.

Im Gästezimmer hob ich den Deckel vom Grammophon, legte eine Schallplatte auf, drehte die Lautstärke so weit auf, bis ich wusste, dass ich die Musik draußen hören würde, und stellte den Tonarm auf Wiederholung. Jetzt brauchte ich mir nur noch ein Buch auszusuchen. Ich ging zu S wie Shakespeare, genau zwischen den kalten Büchern auf der Rückseite und den warmen auf der anderen Seite der hufeisenförmig angeordneten Regale, die an der Küchentheke endeten. Zusammen mit dem Mantel und den Handschuhen, aus denen die Finger hervorschauten, trug ich das Buch hinaus, setzte mich auf den Stuhl und trank Tee, während über mir die Musik ertönte.

Jetzt würde ich nicht mehr lange warten müssen. Ich lehnte mich auf dem Stuhl zurück, betrachtete die Sterne und vermutete beim Anblick der Wolken, dass es irgendwo im Wald schneite, hoffte aber, das Stück Himmel über mir würde noch eine Stunde lang wolkenlos bleiben. Tief aus den Kratzern der Schallplatte erklangen eine Laute und eine zärtliche Stimme, von weither und aus längst vergangener Zeit. Ich schloss die Augen und ließ die Musik über mich hinwegtreiben, die Finger um die Tasse gelegt, damit sie warm blieben:

Greensleeves was all my joy,
Greensleeves was my delight,
Greensleeves was my heart of gold,
And who but my Lady Greensleeves.

Ich dachte, ich könnte genauso gut eine Weile lesen, die Stelle im *Wintermärchen*, die Claire mir kurz vor dem Ende hingehalten hatte, die Stelle, die sie gemeint haben musste, auch wenn sie nicht gern laut vorlas:

Ein traurig Märchen paßt für den Winter,
und ich weiß
Von Geistern und Hexen eins.

Ich schlang den Mantel um mich, um die Kälte zu vertreiben, doch im selben Augenblick leuchtete die Seite auf, und ich wusste Bescheid, blickte auf, da, scharf und eisig in der Nacht, ließ der weiße Fels über den Bäumen und aus der klingenden Wolke seine ungehörte Streichmusik ertönen, übcr der weißen Lampe des Bodens, in die schwarzen Weiten der Luft.

Jetzt dauert es nicht mehr lange.

Bald überfiel mich die Kälte, die unbarmherzige, namenlose Kälte, und ich brauchte die Decke, die ich übers Verandageländer gehängt hatte. Als ich sie zum Stuhl mitnahm, musste ich an meinen Großvater denken, der seine Zeit unter derselben Decke verbracht hatte, die mich jetzt warm hielt und mir vorher das Leben gerettet hatte: Er hatte den ganzen Tag unter der Decke am Feuer gesessen, und als ich ihn einmal fragte, woran er denke, legte er mir die Hand auf die Schulter und sagte, er denke an meine Mutter, die erst vor sechs Jahren gestorben sei, und daran, wie gern er sie gehabt habe, dass ich sie gemocht hätte und mir keine Sorgen über das machen solle, was ich an mir nicht verstünde, denn ich hätte sie ja nicht gekannt. Sie sei in mir, das genüge.

Als das Lied ungefähr eine Stunde lang abgespielt worden war, war ich bereit für das nächste. Das Feuer hatte sich in einen heißen Glutbrei verwandelt, als ich leise ins Schlafzimmer ging und eine andere Schallplatte auflegte, Lieder von John Dowland, einem Lautenspieler aus der Zeit Shakespeares. Ich sah, wie sich die ersten drei Titel auf dem Etikett drehten: *Flow Not So Fast Ye Fountains, Go from My Window, Flow My Teares*.

Auf dem Weg nach draußen goss ich Kaffee auf, um wach zu bleiben, und trug ihn mitsamt einem Kissen hinaus, damit ich mich zurücklehnen und mühelos den Himmel sehen konnte. Bevor es mir zu gemütlich wurde, ging ich in die Scheune, verstreute auf dem Boden und im Garten alle Samen, den geschroteten Mais und die Körner für die Vögel und klemmte die Tür fest, damit sie rein- und rauskonnten. Wieder hörte ich ein Kratzen aus der Hütte und fragte mich, wie der Klang der Schallplatte so weit herüberdringen konnte, sah aber plötzlich, wie sich im Mondschein zwei Flügel entfalteten, Krallen an der Scheibe kratzten und ein Vögelchen sich vergeblich wieder in den Himmel zu schwingen versuchte. Du hältst den Mond bestimmt für die Sonne und solltest eigentlich schlafen, murmelte ich lächelnd und ging mit weit ausgebreitetem Mantel zu dem Kleinen hinein. Er flatterte darunter und war gefangen, als ich den Mantel schloss. Weiß der Himmel, wie lange du dich schon abgemüht hast. Ich brachte das zarte Federknäuel in den Garten, schlug den Mantel weit auseinander, und das Vögelchen flog in die Luft und verschwand.

Nicht mehr lange.

Ich war unruhig, wie jemand, der auf seinen Auftritt wartet, eine leere Hand, zu weit ausgestreckt für eine andere Hand, ein Ohr, das sich zwischen Tönen verliert. Da gab es nur einen Ausweg: Die Pfeife und ein weiterer Sherry würden mich beruhigen. Zuerst schürte ich das Feuer, dann goss ich mir ein Glas ein, zündete die Pfeife an und kehrte paffend auf die Lichtung zurück.

Der Wind schlitzte mir die Haut auf. Diesmal wusste ich, dass er Schnee bringen würde, ich merkte es, weil die Bäume wie feines Silber klirrten, das Geräusch des zitternden arktischen Meeres in den Baumwipfeln. Derselbe Wind musste gegen die Bäume geprallt sein und auch den Mond gestreift haben, denn als ich aufblickte, sah ich, dass er sich auf der linken Seite leicht eindellte, wie das Wasser auf dem Kamm einer Welle, die am Strand ausläuft, dann versickert und nur einen hellen Salzfleck auf dem Sand zurücklässt.

Das Astronomiebuch meines Vaters hatte das bevorstehende Ereignis auf die Stunde genau vorhergesagt, vor über dreißig Jahren hatte er mich darauf hingewiesen und mir gesagt, ich solle danach Ausschau halten. Ich hatte es ihm versprochen. Und hier war sie, die Mondfinsternis, Mond, Sonne und Erde zu einem Lied arrangiert, nichts von dem Zauber wissend, den sie in der Nacht bewirkten. Ich ließ das Buch auf den Schoß sinken und lehnte mich zurück, den Blick fest auf den Schatten gerichtet, während sich der Boden, an den ich mit meinem Stuhl geheftet war und in dem der zusammengerollte Hobbes lag, unter mir in Stoff verwandelte und einen riesigen Schleier über die Leere breitete. Der Wind strich wieder mit langem, trägem Geklirr über Maine, und wenn ich mich auf Flügeln über den Wald erhöbe, nach Quebec im Norden und Neufundland im Osten, würde ich die glitzernden Bänder der Flüsse sehen, von eisigen Bächen erzitternde Wälder, eine Wildnis voller Adler, Habichte, Eulen, Bären, Karibus, hungrige Herden, die über das Gestein glitten, ein Gebiet voller Berge und Eis, würde von der Nacht in den Tag und wieder in die Nacht streifen, vorbei an feuchten, in Täler geschmiegten Städten, würde den Lachs des breiten St.-Lawrence-Stroms sehen, der mit einem auf den schmalen Teich seiner Geburt ausgerichteten Kompass riesige Entfernungen und starke Flussströmungen überwunden hatte.

Eine Stunde lang ging ich immer wieder zwischen Lichtung und Küche hin und her, holte Sherry und legte Musik auf oder Holz nach. Und die ganze Zeit glitt der Schatten über den Mond, bis das Licht nur noch papierfarben, dann steingrau und schließlich aschfahl war. Aber dann kam ich zur Ruhe und saß auf dem großen Stuhl im Garten, ein Kissen im Nacken, um zwischen den Bäumen hindurchschauen zu können, die Pfeife in der einen, den Kaffee in der anderen Hand, das Buch auf dem Schoß. Sieh dir das Loch im Himmel an, dachte ich, das ist kein riesiger funkelnder Stern, der irgendwelche Männer nachts zu ihrem König führt. Ich wartete und beobachtete, wie die schwach leuchtenden Sterne ihre Plätze suchten, während die Sonne mit all ihrem Licht hinter der Erde entlangzog und den Mond ausknipste.

Als ich das Brausen auf den Pfaden hinter mir im Wald hörte, hatte ich das Gefühl, als würde sich die ganze Welt in dem Vakuum sauberfegen, als stürzte ein luftleerer, lichtloser Raum durch die Atmosphäre auf mich zu. Aber es war bloß wieder der Schneewind, der diesmal bis zum Garten gelangte, und die ersten Tropfen fielen vom Himmel, keine Ahnung, woher, denn ich sah keine Wolke. Mit der Decke, dem Mantel und den Handschuhen war mir warm genug, und ich wollte nichts auf den Kopf ziehen.

Um ehrlich zu sein, ich hatte den Überblick über die Zeit verloren. Ich hatte das Gefühl, frei in einer Zeit zu schweben, die nicht mir gehörte, die ich mir nicht ausgesucht hatte, in die ich durch ein Versehen oder einen Fehler hineingestürzt und in der ich aufgewachsen war. Vielleicht hätte ich von meinem Stuhl aufstehen und mich in die richtige Zeit wehen lassen können, zurück in eine Zeit, in der ich atmen konnte, in der mein Warten richtig war, an einen Ort voller Leben, mit Wein und warmen Wiesen unter Kirchturmglocken.

Ich saß auf dem Stuhl und beobachtete, wie sich der Mond orange färbte, und dann sickerte etwas Blut hinein: Und da war es, das wahre Gesicht des Mondes, seine wahre Kunst, das kalte rote Fleisch, eine Schusswunde in der Nacht.

Ich blickte hinauf, bis ich so müde war, dass ich eine Weile die Augen schließen musste.

Ich hatte keine logischen Argumente, keine Ausrede, keine Träume, die mich zum Handeln getrieben oder einen anderen Menschen in mir hervorgezaubert hatten: Jeder Augenblick der letzten paar Tage, alles, was ich getan oder unterlassen hatte, war ganz allein mein Werk. Hobbes war mein Freund, und ich liebte ihn. Das ist alles.

Als ich erwachte, waren die Tasse und das Buch heruntergefallen, doch die Pfeife lag noch in meiner Hand. Meine Ohren waren mit elastischer Haut umhüllte Steine, Lippen und Nase waren wund und taub zugleich. Der Mond war nach rechts gewandert und hatte sein Licht wiedergefunden, und der Himmel war eingestürzt, es waren noch ein paar Zentimeter Schnee gefallen, im Licht weiß glühender Schnee, Schnee auf meinem Mantel, Schnee auf der in die Stiefel gesteckten Hose, die Socken durchnässt. Trotzdem wollte ich sitzen bleiben und auf den Morgen warten, wollte mich zudecken und draußen schlafen, aber das Feuer war mit Sicherheit aus, und ich fragte mich, wie spät es wohl war.

Ich trug alles ins Haus, als Letztes den Stuhl, und erweckte die Flammen wieder zum Leben. Ich goss die Pflanzen, stand kurz im Schlafzimmer und beugte mich über die Matratze auf den

Kisten, auf der ich so viel Zeit in Bewusstlosigkeit verbracht hatte. Im Wandschrank befanden sich nur ein paar Sommerhemden. Die konnten dort bleiben. Ein Paar Sommerschuhe. Die ließ ich am besten auch da. Ich schaltete das Grammophon aus und stellte die Schallplatte zurück.

Da die Wunde an meiner Schulter blutrot war, stöberte ich im Medizinschränkchen nach Ringelblumensalbe. Ich öffnete das Fenster, spähte hinaus und hörte das Rascheln vertrockneter Blätter. Es klang wie ein Name, doch der Wald hatte keine Bezeichnung für sich, die ich kannte. Und wie sollte ich mich jetzt überhaupt nennen? Für den Wald war ich bestimmt eine Wunde, die auf einer Lichtung lebte, eine Entzündung.

Ich ging an den Büchern entlang, so vielen Büchern, und fragte mich, wie es ihnen ohne Feuer ergehen würde. Wenn sie zusammenblieben, würden es nur noch kalte Bücher sein. Ich stellte mich neben den Stuhl, legte die Pfeife meines Großvaters auf die eine Armlehne und das *Wintermärchen* auf die andere, trat dann nach draußen und ging an der Veranda vorbei, betrachtete wieder das Grab und fragte mich, ob im Frühling ein neuer Hobbes wachsen würde und wer dann wohl hier wäre, um es zu sehen. Ich wollte nicht dabei sein: Dann musste ich längst weggewischt sein, ausradiert wie Bleistiftstriche, weggefegt wie Holzstaub vom Feuerrost. Die Leute würden jetzt alles Mögliche erzählen. Als dieser Mann im Wald vor mir hergegangen war, hätte ich ihm gern erklärt, dass ich keine Gefühle zeigte, wenn es angebracht war, und zu viel Gefühl, wenn es unangebracht war. Von Leuten wie mir muss man sich fernhalten, dann kann einem nichts passieren.

Das hatte ich ihm sagen wollen, hatte es aber nicht über die Lippen gebracht.

Im Mondschein liefen fünf junge Hirsche zwischen den Bäumen hindurch. Ich sah ihre Augen leuchten, als sie an der Hütte vorbeikamen, wo sie sich kurz zusammendrängten und dann schnell davontrabten, eine Reihe von Hufen, die durch das flaumige Weiß sprangen.

Ich weiß nicht, warum, aber ich wartete eine Weile und betrachtete vom Blumenbeet aus den Wald, als könnte Claire wieder aus dem Schnee hervortreten, denn ich hatte nie begriffen, wie eine Frau, die meilenweit entfernt in St. Agatha wohnte, zufällig aus dem Wald spazieren konnte.

Doch ich hatte keine Zeit. Ich nahm das Gewehr und ging los, ließ die beiden übrig gebliebenen Kugeln im Magazin, für den unwahrscheinlichen Fall, dass ich Troy im Wald begegnete und er mich ansah oder irgendetwas zu sagen hatte. Vermutlich war er noch unterwegs. Am Rand der Lichtung drehte ich mich um und blickte zurück, erinnerte mich wieder, wusste es wieder und verließ erstmals alles, was mein Vater gekannt hatte. Auch im Dunkeln war mir der Weg vertraut, und der Mond schien hell. Wenn ich die Asphaltstraße erreichte, waren es nur noch zwanzig Kilometer bis Fort Kent. Ich würde mich abseits der Straße halten und im Morgengrauen in der Stadt sein.

Sonntagfrüh würde auf dem Polizeirevier nur ein einziger Mann Dienst tun, der Raum war bestimmt hell erleuchtet und warm, und irgendwo im Gebäude würde sich vielleicht eine Tasse heißer Tee finden, wir könnten uns eine Weile unterhalten, bis ein paar andere Polizisten kämen, um meine Personalien aufzunehmen, vielleicht kamen sie direkt aus dem Bett und waren in langen Mänteln aus dem Haus gelaufen, vielleicht hatten sie vor dem Kamin geschlafen oder etwas getrunken. All das stand mir deutlich vor Augen, während ich mit der Enfield den Weg entlangging. Ich sah die blühenden Blumen, meinen lebenden Vater und Hobbes vor mir und hielt das Bild fest, aber als ich mich kurz darauf noch einmal umblickte, hatten sich die Bäume zusammengedrängt, und die Hütte war nicht mehr zu sehen.

Danksagung

Ich möchte mich bei meiner Agentin Tracy Bohan und meinem Lektor Angus Cargill für ihre Unterstützung bedanken, ebenso bei meinem Freund und Nachbarn Doug Swanson, dessen Farm und Hund mich zu diesem Buch inspiriert haben. Außerdem möchte ich den folgenden Menschen danken, die das Manuskript gelesen und mir ihre Meinung dazu gesagt haben: Richard Donovan, Sara Kallenbach, Graham Lewis, Tim McCarthy, Christina Nalty und Jay Prefontaine. Martin Peglers Buch *Out of Nowhere* lieferte mir wichtige Informationen über Scharfschützen. Der elisabethanische Wortschatz meiner Hauptfigur stammt größtenteils aus *Shakespeare's Words: A Glossary and Language Companion* von David und Ben Crystal.

FSC
www.fsc.org
MIX
Papier aus verantwortungsvollen Quellen
FSC® C019821

Penguin Random House Verlagsgruppe FSC® N001967

2. Auflage
Taschenbuch-Sonderausgabe September 2014
btb Verlag in der Penguin Random House Verlagsgruppe GmbH,
Neumarkter Straße 28, 81673 München
Die Originalausgabe erschien 2006 unter dem
Titel »Julius Winsome« bei The Overlook Press, Peter Mayer
Publishers, Inc., Woodstock & New York

Umschlaggestaltung: semper smile, München
Umschlagmotiv: © plainpicture/BY
Satz: Greiner & Reichel, Köln
Druck und Einband: C.H. Beck, Nördlingen
CP · Herstellung: sc
Printed in Germany
ISBN 978-3-442-74759-7

www.btb-verlag.de
www.facebook.com/btbverlag

Tim Winton

Atem

Roman

Geschenkformat, 320 Seiten
btb 71862
Aus dem australischen Englisch von Klaus Berr

Die Suche nach dem ultimativen Kick kann gefährlich sein …

Sonne, Meer und Weite – für einen Surfer ist das nicht genug. Er braucht die große, die immer größere Welle. Bruce Pike ist in seinem Leben schon viele Wellen geritten, er weiß um die Faszination und die Tücken dieses Sports. Dabei fing alles so harmlos an, in seinem kleinen Kaff an der Westküste Australiens …

»Flirrend, mitreißend und gewaltig.«
Neon

btb